アドリア海の風を追って

余命二カ月の追想録

大和田道雄

Oowada Michio

アドリア海の風を追って ―余命二カ月の追想録―

目次

発刊にあたって

人は余命を宣告された瞬間は何を想うのだろうか？　まさか自分がその身になろうとは思いもよらなかった。体調の悪さは自覚していたが、特発性間質性肺炎と診断され「余命二カ月」を宣告されたのである。

不思議と動揺はしなかった。それはあまりにも予期せぬことで、他人事のように思えたからだった。ただ、それが現実であると自覚したのは、翌朝の病院のベッドからみた天井だった。

「我が家とは違う」

病院の窓から見える景色が不思議と現実ではない遠い世界のように思えたのだ。これまで過ごしてきた我が家、職場、そして家族や友人、仲間も別の世界のように感じたのである。

これまでは未来があった。これからは、過ぎ行く車窓の景色を眺めるように、過去と現在だけである。

「自分には未来がない」

そのことが信じられなかった。目標があるとすれば必死に生き抜く信念か、素直に死を受け入れるかである。

「病室から飛び降りると死ねるのか？」

一瞬、そんな投げやりな気持ちが頭を過ったが、慌てることはない。急がなくても「死」は向こうからやってくる。後はそれをどう受け止めるかだ。たとえ、残り幾許もない人生であっても、これまでが、

「納得するものであればいい」

そう思うことにした。

想えば学生時代、恩師に同行したアドリア海には、自分の人生を変える風が吹いていた。そこで得られた知識が自分を学者にしてくれたのだ。愚かな自分が博士号を取れたのも風だった。その恩に報いるため、これまで必死になって風を追い求めてきたが、それも今となってはその風を見送るだけになってしまった。

人生には出会いがある。自分は出会いを大切にしてきたからこそ「死」の予告を素直に受け入れることができたのだ。しかし、出会いへの感謝の念を持ち続けることは難しい。

後悔するとすれば、これまでの多くの出会いに対しての恩返しができていないことである。既に亡くなった人もいる。ただ、恩返しはできなかったにせよ、その事実を書き留めておきた

かったのである。

　余命を宣告された今、これまでの過去を振り返り、幸せであったと思えたのは恩師に出会い、意義のある人生を送ることができたからである。あとは追憶の風に吹かれて逝きたいものである。

追憶の日々の夕暮れ

風穏やかな夕暮れ時、自宅近くを流れる川沿いを散歩していると、あまりにも多くの人がウォーキングしているのに驚いた。大きく手を振りながら大股で歩くその姿は滑稽のようにも思えるが、本人は必死なのだ。

自分も病院の検査では血糖値やコレステロール、血圧も高くなってきた。定年を迎え、年金生活の毎日は贅沢などできるはずもなく、持病の治療費や入院費を抑えるためにも運動は大切なのだ。ただ、無理をしては、

「脳梗塞や心筋梗塞の危険性も免れない」

などと自分に言い訳をして、歩く努力をしないのが現実だ。

前から来るのは定年を迎えたご夫婦のようだ。奥さんがご主人の後を必死に追っている。

「姉さん女房なのだろうか?」

背筋が真っ直ぐなご主人に比べ、奥さんは腰が曲がり、背も低いからなのか、母親のようにも思えた。そういえば、自分より年下の妻も猫背気味で歩いている。これが「老い」なのだ。

愛知学院大学での授業風景。定年を迎えてからも時折、大学の非常勤講師として講義をしていると、現職当時の頃を想い出す。

大学に助手（現在の助教）として赴任したての頃、教授は随分年寄りに見えたものだ。考えてみると、今の自分よりはるかに若かったのだ。

そんなある日、近くのスーパーマーケットで同じ大学の教授と出会い、隣にいた白髪の女性を見て

「お母様ですか?」

と声を掛けたことがある。

憮然とした表情で立ち去ろうとした教授に、

「親孝行ですね」

しかし、返事はなかった。その時は女性が怒っているようにも見えた。

「妻です」

その言葉に唖然として行き場を失ったのである。

その後、大学で顔を合わせるたびに、その教授の前では目を伏せて頭を下げ続けたのである。

それからは、教授と同伴の女性を見かけると、

「お嬢様ですか?」

見え透いたお世辞を言うことにした。奥様は嬉しそうに笑って否定するのだが、どこか無理な気がする。

大学を退職してからも時折、非常勤講師として大学の教壇に立つこともあるのだが、現職時代のことを懐かしく想うこともある。そんな追憶の日々を過ごしていたのだが、恩師から突然、論文の別刷りが送られてきた。

恩師から送られてきた論文

恩師は、大学を定年退官後に私立大学で教鞭を執り、その後国連大学上席学術顧問としても活躍していたが、我が国の気候学だけでなく、気候変動に関する政府間パネル（ＩＰＣＣ）をリードしてきた国際的学者である。

また、国際地理学連合副会長、および日本地理学会や日本砂漠学会等、多くの学会の会長を務めてきた。しかし、まだ現役で第一線の研究を続けているのである。そのことに驚いた。

恩師は以前、ドイツのアレキサンダー・フォン・フンボルト財団の奨学生としてボン大学に留学した経緯から、ドイツの大学との交流が盛んで、自分が大学四年生の時にはハイデルベルグ大学の客員教授として留守だったのである。

現在はアメリカの気象学会が主流だが、小気候の研究が盛んに行われたのはドイツであった。第二次世界大戦で敗戦し、狭くなった国土の農業生産を高めるためだったという。

ドイツのハンブルグでは、一九五〇年代から日々の気象変化と病気との関係を報道してきた経緯がある。我が国でも、最近になって健康気象講座が開設され、気象と疾病との関係が注目されるようになってきた。

また、気象予報士による熱中症対策への報道もなされている。これも恩師のバイオクリマの研究成果が報われてきたからだ。送られてきた論文は二部あって、一部は「インドにおける熱波とその死者数・人間生活への影響」と題した論文である。

論文の内容は、地球温暖化による熱帯地域の気温上昇で、インドでは最高気温が五〇度に達することもあり、気候シフト（一九八〇年頃）以降には熱波による死者数が一〇〇倍以上になったという。

熱中症による死者は都市部の貧困層に多く、そのほとんどが高齢者である。インドの猛暑は我が国の比ではない。熱波で人が死ぬ時代になったのだ。

現在、我が国でも熱中症患者が急増していることは否めない。しかし、温帯地域に住んでいる意識が強く、すでに亜熱帯化している現実を理解しようとはしていない。最近の集中豪雨もそのためだ。それに対しての警鐘でもあるのだ。

恩師は、最近になって『地球温暖化による異常気象』（成山堂書店）や『極端化する気候と生活』（古今書院）など、地球温暖化が人間環境へ及ぼす影響に関する多数の著書を出版している。したがって、現在でも地球温暖化による気候変動が人間生活に及ぼす影響を研究し続けているのだ。

さらに、もう一部が「気候と地球環境の研究史のひとこま」であった。この論文は、恩師の研究生活を総括するのに相応しいものだった。恩師の気候学者としての歴史が解る貴重な研究史である。

現在はヒートアイランドが一般的に知られているが、我が国の先駆者は恩師であり、一九六〇年代に出版した『小気候』（地人書館）に続き、一九七〇年代には東京大学出版会から『Climate in a Small Area』（小気候）を出している。

その結果、恩師は一九七七年に日本気象学会藤原賞、二〇〇〇年に国際地理学連合栄誉賞、二〇〇七年には国際都市気候学会からリューク・ハウォード賞を受賞した。この論文に挿入されている写真は衝撃的だった。これまで世界の気候学を支えてきた著名な学者の紹介は当然のことながら、スロヴェニア（旧ユーゴスラヴィア）のアイドフシチナ盆地で撮られた調査風景が

国際的気候学者、吉野正敏筑波大学名誉教授。日本地理学会会長を始め、多くの学会会長を歴任、国際地理学連合副会長も務めた。我が国のみならず、世界の気候学の第一人者である。学生時代に文部省（当時）在外学術研究（旧）ユーゴスラヴィア「ボラ」調査隊に参加させてくれた。自分が学者になることができたのは、恩師なくしてはあり得ないことだった。

掲載され、自分が写っていたことである。

　まだ自分が大学院修士課程の頃、文部省（現在の文部科学省）の在外学術調査隊の一員として旧ユーゴスラヴィアのボラ（BORA）調査に参加した時のものである。

　懐かしかった。そこで、久し振りに恩師が一九七六年に東京大学出版会から出版した『LOCAL WIND BORA』（局地風ボラ）を読み返してみた。

　この著書には恩師を始めとするボラ調査隊員に加え、現地のベオグラード大学やザグレブ大学、およびリュブリヤーナ大学の研究者も加わっていて、当時のことが走馬灯のように蘇ってくる。

　今にして思えば、あの四五年前の海外学術調査団の隊員として参加させてくれたことが、自分の人生を大きく変えたことは間違いない。事実、自分が研究者になれるなど思ってもみなかったからである。

　確かに恩師はこれまで数多くの著書を出版しているが、自分が参加したのは『LOKAL WIND BORA』以外、東京大学出版会から発行した『環境気候学』（吉野・福岡編、二〇〇三年）位のものである。その後の著書や学会研究活動には加わっていない。

それは、自分の体調が悪化の一途を辿っていたからであり、それから間もなくして特発性間質性肺炎を発症していたことが判明、医師からは「余命二カ月」を宣告されたのである。

余命二カ月の予兆

父親が他界した二〇〇〇年の夏、文部科学省在外研究員としてフィンランドに出向き、ラップランドの偏形樹調査を終えてサーリセルカでキイロッパ（山）に登った時だった。標高約五四〇メートルの緩やかな斜面を登っているのだが、足が前に出ないのだ。

これまでは、急斜面でもこれほど苦しいと思ったことはなかった。どこかおかしいのだ。息も苦しい。

「やはり歳なのかも知れない」

そう自分を納得させていたため、あまり気にも留めてはいなかった。

当時は異なる緯度帯での冷気（山風）流出周期を調査していて、北極圏でのフィールドを探

フィンランド北部のラップランド最北のリゾート地、サーリセルカのキイロッパに向かう斜面。標高約540メートルの山であるが、北緯68度の高緯度では麓から登ると間もなく森林限界となる。さらに植生限界、裸地となって頂上付近ではモレーンに覆われている。この周辺はオーロラ観測でも知られ、夏はハイキングやトレッキングを楽しむことができる。

していたのである。北緯七〇度に近いサーリセルカは、氷河によって削られたなだらかな斜面が多く、調査には絶好の場所だった。

カウニスパからイーサキッパにかけての起伏のある斜面をくまなく歩き回るのだが、同行した妻は軽々と登っていく。自分が妻よりも体力がないとは思えず、負けずに登ろうとするのだが追いつけない。

「フィンランドに来てから少し太ったからなのか?」

ドイツやオランダの朝食は質素だが、フィンランドのホテルでの朝食は豪華だった。ジュースやハム、パンやバター、ジャム、果物も種類が豊富なのである。そこでつい食べ過ぎてしまうのだ。それでもズボンは日本を出発したときよりも緩くなっていた。

行く先々の都市にはマーケット広場があって、野菜や果物、生鮮食料品などの食材が多く売られている。日頃は肉やピザなどを食べることで野菜が不足気味となる。そこで、日持ちのする料理用トマトをまとめ買いして持ち歩き、生のままで食べていた。
したがって、主食が米ではないこともあり、体脂肪は減っているようにも思えた。靴も緩くなった。それにもかかわらず、ヘルシンキに戻ってからも疲れが酷い。妻が
「美術館に行きたい」

フィンランドの旧首都、トゥルクのマーケット広場。トゥルクは、スウェーデン統治下では首都であったが、ロシアが支配してからはヘルシンキが新首都となった。ヘルシンキとは同じ緯度帯で、午前中を中心に朝市が開かれている。生鮮食料品や野菜、果物が売られ、地元の多くの買い物客で賑わっていた。

と言い出したが気乗りはしない。息苦しくて歩きたくないのである。そこで、ヘルシンキの散策は市内を網目のように走るトラム（路面電車）を利用し、歩く辛さを凌いだのである。

帰国してからは、大学での講義はもちろんのこと、学生への卒業論文指導、学内外の会議、東京への出張、テレビ放送局のレギュラー番組出演など、多忙を極めていた。そのため、呼吸困難な状態はさらに悪化し、毎晩「咳」と「痰」に悩まされ、熟睡できない日々が続いていた。

ゼミ中にも箱ティッシュが手放せなくなり、

講義にも支障をきたすようになってきた。その原因として近くの総合病院では喘息が疑われ、それから抗生物質を三年間呑まされ続けたのである。

東京で開催された二〇〇四年春の学会に出席し、発表後には歩行困難になるほど症状は悪化した。愛知万博が開催された二〇〇五年の春には、ベッドから起き上がることもできなくなり、講演や講義の後には酸素吸入が必要になるほどだった。

その段階になって、ようやく病院側から間質性肺炎の疑いと診断され、入院を余儀なくされたのである。しかし、呼吸困難な症状が出てから五年以上も経過しており、その病院に見切りをつけざるを得なかった。

そこで、知名度の高い専門医が所属する病院に転院を申し出たのである。いわゆるセカンドオピニオンである。専門医からは思いもかけない言葉が返ってきた。

「余命二カ月です」

宣告に呆然としたが、すぐには自分のこととは思えなかった。

「悪い夢でも見ているのか」

信じられない思いから、直面している現実を素直に受け入れることができないのだ。

しかし、用意された病室は看護師詰め所の目の前であり、現実的にいつ逝くか知れない身であることを認めざるを得なかった。

それは、日々の呼吸困難に加え、夜も「咳」や「痰」で眠れなかったからだ。それでも後悔はなかった。それは、

「納得のいく人生を送ってきた」

そう思える自分に驚いたが、入院中は「死」を前にしても精神的に追い込まれることはなかったのである。

駄馬としての生き方

大学に赴任したての頃、同じ専門領域の教授から突然！

「お前は駄馬だ」

と罵られた。駄馬とは乗馬用には使えない下等の馬で、荷物を運ぶ馬のことである。

「これが教員を養成する大学の教授なのか？」

信じられない思いが込み上げた。さらに、定年まで助手であることを告げられた。いわゆる昇任させないと言うのである。恐らく、その教授の推奨する、

「意図した人材ではない」

との判断だったからであろう。

当時、私立大学から国立大学に採用されることは皆無に等しかった。助手とはいえ、国立大学に就職できたのは、自分を指導してくれた恩師のおかげである。まさに奇跡としか言いようがないことだった。

中学を卒業する頃は、小学校の教師になることさえ考えていなかった。したがって、高校も卒業後の就職に有利と考えて選んだのが工業高校の機械科だった。それでも両親は合格を喜んでくれた。それは、両親が高校進学も無理だと思っていたからである。

たしかに自分自身も大学に進学できるなどとは思っていなかったので、大学院に進み国立大学への赴任は、まさに「晴天の霹靂」であった。したがって、駄馬と言われても仕方ないと自分に言い聞かせてきた。

「自分以外はサラブレットなのだ」

学歴があって血筋が良く、誰よりも早く走ることができる血統なのだろう。

「自分は駄馬でも、多目的で使い勝手の良い農耕馬になればいい」

と心に誓った。まさに兎と亀の心境である。

北海道の農耕馬は春になると田畑の耕し、冬には山から丸太の運搬、町への買出しには家族の足として活躍していた。北海道の開拓を支えた貴重な馬だ。

かつて、自宅は北海道の内陸部にある田舎町の小さな川沿いにあって、近くの橋が道路より僅かにアーチ状に高くなっていた。冬になると、丸太を積んだ馬そりを引く馬が上りきれずに鞭で打たれ、熱したヤカンのように馬体から湯気が立ち昇り、子供心にも可哀想に思えてならなかった。

当麻町の街外れ、当麻川に架かる四条橋での姉（当時）。姉は貧しい学生時代にわずかな小遣いを送ってくれた。丸太を積んだ馬橇を引く馬が、わずかにアーチ状になった橋を登り切れず、鞭で打たれていた。子供心にもそれを見るのが辛かった。現在は新しい橋に架け替えられている。

大学に着任した当時は、自分自身でも大学で講義をしていることが不思議に思え、教授会に出席していること自体、身分不相応の仕事をしている感が強かった。したがって、

「汗してフィールドワークを続けることが駄馬の使命」

と考えるようになった。まさに、鞭で打たれて丸太を運ぶ馬が、自分には合っている心境だった。

しかし、馬は賢い動物で、手綱の引き手がいなくても遠く離れた馬屋に戻っていく。開拓農家にはなくてはならぬ大切な存在だった。

実際に、サラブレッドに比べて足は短いが力は強く、耕運機のない時代には開拓部落の命綱でもあった。自分は、そんな駄馬の研究者になればいいと思ったのである。

期待外れの弟子

そんな自分だが、大学院博士課程の入学試験では成績が芳しくなかった。にもかかわらず学者として育ててくれたのだ。

そのことを考えれば、駄馬と呼ばれたくらいで落ち込むようでは恩を仇で返すことになる。

「辞めたい」

そう何度も思ったが、必死になって駄馬であることを自覚しながら生きてきた。

大学に赴任した当時は、助手でも卒業論文の指導を任された。学生時代には助手が卒業論文（大学によっては卒業研究）を受け持つことはなかったので戸惑った。

しかし、そのことに心配してくれた恩師は、自分の指導生の卒業論文についてもアドバイスをしてくれたのである。

「渥美半島に吹く塩風の実態を把握せよ」

とのことだった。渥美半島は全国でも有数の温室園芸地域である。大学院在学中にも恩師と地元の大学との共同で塩風害調査をしたことがあり、その成果は全国誌にも掲載されている。

卒業論文最終発表の日、指導生の研究内容に異議があるとの質問が相次いだ。「駄馬」と罵った教授陣からだった。これには我慢できず、発表会終了後に研究テーマの主旨や解析方法についての問題点に対しての説明を求めたが、

「研究者として認めていないので、指導生の論文は研究の価値などない」

であった。しかし、この論文テーマは恩師が示唆してくれたものである。助手が教授に逆らうなど許されることではないが、研究の主旨を説明したが無理だった。

卒業論文判定会議では、論文の評価基準が議論となったため、教官全員が評価することに相成ったのである。その結果、その年度は教室に所属する学生の約半分が不合格となり、皮肉にも、その多くが自分を詰った教授陣の指導生だったのである。

その後、その教授が教室の主任候補となった時、会議でその教授の人間性を批判した。それは自分が辞める覚悟をしてのことだった。ところが、その教授が他大学に転出したのはそれから間もなくのことである。

国立大学の現職教授でありながら、私立大学の学監として兼業していたことを文部省から指

摘されたためだった。それにもかかわらず、

「助手が教授を追い出した」

教授会にその噂が広がり、他の専門領域の教授陣からも自分に対する非難が相次いだ。まさに「針の筵《むしろ》」である。

それに見かねたのか、他の専門領域の有力な教授が、

「息子も私立大学だ」

自分に対する批判をかわしてくれた。嬉しかった。しかし、後にその教授が学長選挙で負けたのは自分のせいかも知れないと思い込み、落ち込んだ。

それにもかかわらず、自分の採用に前向きだった同じ教室の教授からの後押しもあり、その教授は教員選考委員会の委員長として、着任二年目に満たない自分を助手から講師を飛び越え、助教授（現在の准教授）に昇任させてくれたのである。

この二階級特進は大学始まって以来の人事だったので、戸惑いながらそのことを恩師に報告すると、

「いいか、絶対に断るな！」

恩師も心配してくれていたのだ。

しかし、助教授になってからの自分は恩師への恩義を忘れ、在職中に恩師の期待に応えられ

2016年日本室内アカデミー設立30周年記念パーティ。向かって左から三番目に立っている女性が佐々木伃利子アカデミー理事長。左下が自分である。国際的ピアニストで東海テレビ「環境立国への前奏曲」キャスターを務め、出演させてくれたこともある。アメリカ政府から我が国の総理大臣と同じプログラムで招待され、テレビ愛知では財界300人以上の経営者と対談した。その成果は「一奏一会・経済人と音楽による即興曲」（日経事業出版センター）として出版されている。

るような研究成果を上げることはできなかった。まさに、「期待外れの弟子」であったのだ。それが悔やまれてならない。

定年も間近に迫った頃、その教授のご子息が財閥系の大手不動産会社の社長（現在、取締役会長）として君臨していることを知った。

縁あって、東京で財界系の有名なピアニスト（日本室内アカデミー理事長）が主催するパーティに招かれ、会場で直接お会いする機会に恵まれた。教授にお世話になったことを直接報告することができたのである。招いてくれたピアニストには、心から感謝したのである。

伊吹おろしとの出会い

大学への赴任は、秋も終わりに近い季節だったため、丘の上にある大学キャンパスは毎日のように冷たい風が吹き荒れていた。本来であれば、二度目の海外学術調査隊としてユーゴスラヴィア（旧）に出掛けているはずだった。

ボン大学への留学はおろか、東京都心の大学に比べて地方の国立大学への就職は、肉体的、精神的に侘しい憂鬱な日々が続いていた。

赴任した大学は、これまで自分の専門領域の学者がいなかったこともあり、観測機器はおろか文献や資料もほとんど用意されていなかった。そこで、風の強い日を暦に記録して、その日の気圧配置を分類していたのである。

「この風は何？」

学生に訊いたのだが、当然のように「伊吹おろしです」と言うのである。この地域では誰でも知っているらしい。慌てて文献や論文を探したのだが、伊吹おろしの研究論文は見当たらなかった。なかったのだ。

赴任した教育系大学の性格上、学生には教育実習が課せられていて、助手も実習校に挨拶回りをさせられた。体育館には大きく校歌詞が掲げられていて、伊吹おろしの語句が挿入されていたのである。

これには驚いた。この地域の人が誰でも知っていたのは、伊吹おろしが小・中学校の校歌詩に含まれていたからだったのだ。

そこで、濃尾平野全域の各小・中学校の校歌詩をかき集め、伊吹おろしの歌詞が含まれている学区を市町村単位で集計し、挿入率の分布を明らかにした。その結果、驚くべき事実が判明したのである。

伊吹おろしの語句が多く挿入されている市町村は、この地域に見られるクロマツの偏形樹や屋敷森、および切り干し大根の棚から推定した風の強い地域と一致したのである。伊吹おろしの校歌詞への挿入は、この風を反映したものであったのだ。この事実は新聞やテレビでも報道された。

冬の季節になると、日本列島の太平洋側では、「おろし」と呼ばれる局地風が吹き荒れる。関東平野では赤城おろし、那須おろし、筑波おろし、関西では六甲おろしである。

六甲おろしは阪神タイガースの応援歌にもあるように、強く冷たい風にも負けないで頑張る代名詞のようであるが、中部地方でも伊吹おろしが中日ドラゴンズの応援歌の歌詞に含まれている。

おろしは、ユーラシア大陸の東側にあたる日本列島の太平洋側で吹く風であるが、西ヨーロッパ、すなわちクロアチアとイタリア半島に挟まれたアドリア海岸では「ボラ」（現地ではブーリャ）という名の局地風が吹いている。

したがって、「ボラ」も「おろし」と同じユーラシア高気圧からの吹き出す半球規模の風なのである。

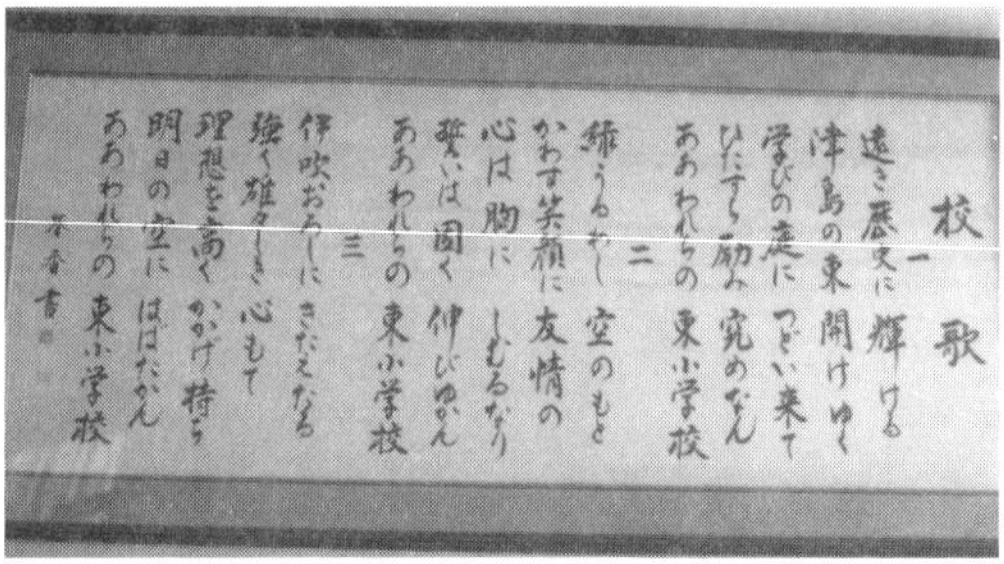

愛知県、岐阜県を中心とした濃尾平野の小・中学校の校歌には、「伊吹おろし」の語句が挿入されていて、学区の気候風土を反映した語句が含まれた校歌詞が多い。この校歌詞は、愛知県尾張地方に掲げられている校歌で、伊吹おろしを冷たい厳しい風として受け止められている。

NHK 名古屋放送局、イヴニングネットワークの番組で、校歌と伊吹おろしについて解説した。この番組は生放送であるために原稿は持たされず、番組に向けての事前準備が必要だった。相手は杉本弥栄子キャスターである。

桜の花散るがごとく

このような経緯から、ＮＨＫ名古屋放送局の著名なディレクターからの依頼で、毎週土曜日の朝、中部地方の番組「ウィークエンド中部」の中で、「暮らしの気候学」と題する話題を担当することになった。この番組は視聴率も高く、最初は半年の契約であったが、それから五年間も出演し続けたのである。

その間の番組を支えてくれたのは、同じ大学の音楽科の卒業生であった。彼女は大学を卒業後、ヤマハピアノ教師として働いていたが、児童・生徒が学校に行く時間は研究室で制作を手伝ってくれたのである。

音楽の知識を持たない自分は、ヨーロッパのクラッシックや楽器の由来、日本の音楽との違いを専門的に教えてくれたことに感謝した。ありがたかった。

ところが、番組開始から五年目の春、「桜の花が散るがごとく」若くして旅立ってしまったのである。あまりの突然の出来事に言葉を失った。しかし、亡くなったその日の朝、数時間後には生番組に出演しなければならなかった。

NHK 名古屋放送局では、1984 年から毎週土曜日朝の中部7県を放送エリアとした「ウィークエンド中部」の放送を開始した。伊藤道生ディレクターからの依頼で、「くらしの気候学」のコーナーを5年間担当した。向かって右が朱通 卓ニュースキャスター、中央が村上信夫アナウンサー、左は自分である。当時、この番組は平均視聴率が 25%を超えていた。この成果は『NHK 暮らしの気候学」と題して日本放送出版協会（1989 年）から出版され、ベストセラーとなった。

番組の放送中は激しい雨が降っていて、

「これが涙雨か」

そう思えてならなかった。そこで、これが最後の出演であることを決意したのである。

それだけではない。番組を辞退しなければならない理由が他にもあった。それは、以前から義務付けられていた博士号の取得である。

しかし、学位取得は困難を究めた。自分は、博士課程を中退して大学に赴任したため、博士課程は出ていない。ましてや国立大学での学位申請である。

論文は英文であることを義務付けられ、筆記試験も課せられたのである。途中で投げ出そうかと思うほどだった。それは、先に論文を提出した研究者が二人、学位取得後に亡くなっていたからだ。

学位申請時には既に教授になっていたこともあり、恩師に

「死んでまでやることではないので諦めます」

そう告げた途端、烈火の如く叱られた。そんな愚かな自分であったが、恩師はそれでも学位を取得できるよう導いてくれたのである。

補習クラスに入れない馬鹿

中学三年生の秋、高校受験に向けて補習クラスが編成された。クラス編成は成績順にAからDの四クラスに分けられていた。これは、これまで実施された十数回の模擬テストの結果を踏まえてのものだった。同学年は七クラスあって三五〇名であったが、高校進学希望者は約一五〇名である。

今では考えられないが、進学希望者は半分以下である。その理由は、進学できる家庭が限られていたからである。進学できるのは、裕福な農家か会社経営者の子女だけで、工場の従業員や開拓部落、第二次世界大戦で戦死した母子家庭は経済的に厳しく、能力の有無にかかわらず、進学を断念せざるを得ない状況にあった。

我が家も小さな木工場の従業員だったので、経済的には微妙な立場であった。しかし、進学できたのは、両親がもともと裕福な家庭に育っていて、戦前は財閥企業に勤めていた父親が工業高校、母親も「氷点」で名の知れた作家、三浦綾子と同じ高等女学校を出ていたため、子供の高校進学には前向きだったからである。

経済的には苦しかったが、母親が縫い物をして家計を支えていた。夜になると母親の糸を張る「ピン」「ピン」という音が枕元に聞こえ、その音を聴きながら寝入った記憶は今でも忘れられない。

三年生の二学期が終わる頃、学年でも成績が上位になった。三学期には補習のAクラスを凌ぐ成績になり、自分を含む数人の生徒は補習が免除された。当然ではあるが、両親はそれを知る由もない。悪さをしていた二年生の頃の意識のままだったのである。

しかし、母親は補習クラスに息子が入っていないことに驚き、中学校に駆け付けたのである。Aクラスは公立の進学校、Bクラスは公立の実業高校、Cクラスは私立高校、Dは私立高校も厳しいクラスだった。

母親はせめてDクラスに入れてもらえるよう、進学担当の先生に嘆願したのだが、先生は補習クラスに入っていない事情も説明もせず、

「Dクラスはさすがに無理でしょう」

と告げられ、涙を流しながら父親にその旨を伝えたのである。

「お前は高校も入れないほど馬鹿なのか?」

父親があまりにも落胆した様子だったので、

「大丈夫、どの高校でも合格できるから」

そう告げた途端、父親は、

「ホラを吹くにも限界がある」

真っ赤な顔をして怒鳴られたのである。

確かに信じることなどできない息子だった。中学二年生の春、同級生に全治二週間の怪我を負わせたことがあり、母親が学校に呼び出されたことがある。それだけではない。数人の同級生を殴り飛ばしたことさえあるのだ。

授業態度の悪さを先生に指摘され、

「お前など二階から飛び降りて死ね」

と叱られ、皆の前で飛び降りたこともある。先生は青くなって飛び降りた場所に駆け付けた。まさか本当に飛び降りるとは思っていなかったのだ。

ぐったりした自分を見て、先生は自分を背負って保健室に駆け込んだ。しかし、これは仮病だったのだ。二階の窓の下には屋根から落ちた残雪があって、休み時間にはいつも飛び降りて遊んでいたのである。

そのおかげで授業をサボって保健室で寝ていたのだが、女子生徒がことの正体を明かしたため、先生を騙した罪で職員室に立たされた。両親は、息子が補習クラスに入れないことを嘆いても仕方のないほどだったのだ。しかし、それには訳があったのである。

落ちこぼれになって

小学四年生の春、突然、授業にはまったくついて行けなくなった。六〇人のクラスの中でも数人の居残り組になったのである。二桁の掛け算や割り算ができない。自分でも信じられなかった。

学校が終わってから遅くに帰宅する自分を、母親は心配しているようだった。三年生までは易しいと思っていた計算だったのだが、全く解けないのである。いわゆる「落ちこぼれ」である。

「自分は頭が悪いのか」

そう思わざるを得ないのだが、あまりの能力の変化に驚いた。

近所の父親と同じ会社に勤める人の長男も能力的には厳しいようだった。しかし、その妹は小学校で誰もが認める秀才である。

「同じ兄妹でもこれほど違うのか」

と単純に思っていたのだが、必ずしもそうではなかったようだった。

戦後の食糧不足のこともあり、栄養失調で亡くなる児童や生徒もいた。同じ歳の従兄もそれで亡くなっている。したがって、基礎体力がないことで病気になりやすかったのだが、その長男が幼少の頃に数日間、意識を失う程の高熱を出しことがあったようだ。それでも一命は取り留めたようである。

当時は特殊学級もない時代であったため、毎日学校へは通っていなかった。自宅に閉じ籠っているようだった。恐らく屋外には出してはもらえなかったのだろう。しかし、小さな村にもかかわらず、そのような子供が少なからず居たのである。

自分は、三年生の時にはクラス委員でもあったのだが、四年生からは一転して「落ちこぼれ」になってしまったのである。自分でもその現実を素直に受け止められないでいた。

思い返せば、社宅は父の勤める木工場の敷地内にあって、会社が休みの日曜日は工場の敷地が遊び場だった。走っていて足元の小さな丸太に脚を取られて転んだのである。左膝から落ちて丸太に打ち付け、膝が曲がらなくなった。

その日の夜から四〇度を上回る高熱が出たのだが、旭川の病院まで通えず、自宅で寝かされていたのである。今にして想えば、貧しい生活の中で治療費も払えなかったのかも知れない。高熱は三日間ほど続いたが、突然、四日目にして治まった。両親は安心したのか、その後も病院で診察を受けることはなかったが、熱が下がってからの自分は不思議だった。世界が違うのである。

「もしかしてこの世ではないのかも知れない」

頭が朦朧として夢を見ているようだった。友達が心配して遊びに来たのだが、相手の言葉や動きにも付いていけないのである。

それからは、勉強についていけない自分への腹立たしさもあり、同級生から馬鹿にされて喧嘩が絶えなかった。しかし、このような状況を救ってくれたのが、ソロバン塾だった。

ソロバンは、指先の早い動きが必要で、脳の活性化には有効であったのだ。現在でも認知症の患者に手先を動かす訓練がなされている。高齢者施設やリハビリセンターでは良く見かける光景だ。

したがって、当時の優秀な児童のほとんどはソロバン塾に通っていた。ソロバン塾とは言え、同じ小学校の商業高校を出た臨時教員が開いていた。授業料は無く、年末に母親がお礼の品を差し出すだけのようであった。

勉強は駄目でもソロバンは嫌いではなかった。旭川で開かれた上川地区大会で入賞したこともある。入賞した賞状はそろばん塾に掲げられ、賞品は持ち帰ることができたのだが、父親には盗んできたと疑われた。

それほど出来の悪い息子だったのである。しかし、能力が回復してきたと感じるようになったのは、それから数年後のことだった。

薄っぺらな問題集

中学三年生の春、突然職員室に呼び出された。

「悪いこともしていないのに……」

そう思ったが、数人の先生に取り囲まれた。先生方は小声で頼みがあるというのである。突然で困惑していると、

「転校生がいじめにあっている。守ってくれ」

それには驚いたが、その転校生は名の知れた校長先生の息子のようで、二年生の学年末に他

の中学校から親戚を頼って越境入学してきたらしい。転校生といじめた側の生徒も同じクラスで、自分の役割は転校生へのいじめを監視することだった。

転校生は身体も小さく、気の弱そうな生徒だったが、成績は学年でトップの秀才だった。彼は事情を知っているのか、いつも自分の傍にいた。それからいじめはなくなったが、

「あの時は自殺まで考えた」

還暦後の同窓会では、そこまで思い詰めていたことを明かしてくれた。それほどいじめに苦しめられていたとも知らず、三年生になってからは毎日一緒にいることが多かった。

これは後で知ったことだが、先生方が三年生の初めに実施した知能検査で、自分の指数が低くなかったことを勘案し、その素質を惜しんでの配慮も含まれていたようだった。したがって、秀才の彼をいじめから監視する見返りとして勉強を教えてもらったのである。

三年生になったばかりの頃、母親から受験のための参考書を買うようお金を渡された。旭川の書店で参考書を探したが、高額で受験に必要な九教科（当時）を買うには厳しい額だった。ただ、このお金は母親が徹夜で内職の縫い物をして捻出してくれたのだ。馬鹿な息子でも僅かな期待をしていたのかも知れない。

現に、姉の高校受験の時は参考書を買って貰えなかった。したがって、自宅には参考書が一冊もなかったのである。しかし、値が高い参考書は無理でも、薄っぺらな問題集であれば全教

科を揃えることができた。

もともと勉強は好きではなかったが、その日の夜、買ってきた問題集を解いてみたが、全くできなかった。勉強をしていないので当然である。それでも、それから一週間、徹夜で答え合わせを繰り返していると、七割以上が解けるようになった。答えを覚えてしまったのだ。

問題集は参考書の重要な部分を濃縮しているものだった。したがって、それで十分だった。それでも解けない問題は、秀才の彼が教えてくれたのである。

内職の縫物で問題集を買ってくれた母。母親は家計を助けるために夜中まで縫物の内職を続けていた。これは、父親が入院中に病状が悪化してその見舞いに帰省した時のものである。父が亡くなったのはそれから間もなくであった。その頃からか、母は小指の先程の千羽鶴を折り始め、子供たちの健康を祈ってくれたのだが、２年後には三姉妹の末の妹が亡くなった。

期待されない人間像

工業高校の入学試験の日、窓からの陽射しが眩しく、答案を書くにも支障をきたすほどだった。試験監督官から、

「窓側の生徒は帽子を被っても良い」

との許可を得て、試験中に帽子を被って受験したのである。

当時は、中学から高校まで、ほぼ全員が丸坊主だったので、学生帽子は全員が持参していた。ところが、その試験監督官が何故か途中退席し、代わりに入室してきた試験監督官が突然、烈火のように怒り出したのだ。

「不謹慎にも程がある。入学試験に臨む態度ではない」

慌てて窓際の数十名が帽子を取ったのだが、何故か誰も弁解する生徒はいなかった。

程なくして戻ってきた試験監督官は、帽子を許可した理由を説明しているようだった。事態を把握したのか帽子は許可されたが、もう誰も被る生徒はいなかった。

当時は難関校であったこともあり、旭川市内のみならず函館本線、宗谷本線、富良野線、石北本線沿線の各中学からの受験生が集まり、合格は厳しいとの認識はあった。その日、自宅に

戻ってから、帰宅した父親に帽子を被って受験し、試験監督官に叱られたことを報告すると、

「成績が悪くて落ちることへの言い訳にするな」

そう怒鳴られた。両親は試験に落ちる理由の弁解をしていると思ったようだ。したがって、合格発表の日、父親は信じられない顔をした。

「お前が合格できるとは……」

旭川駅の石北本線のホームで（中央が自分）、今は亡き進学校に通う親友が撮ったものである。何故か石北本線は改札口に近い1番ホームだった。通う高校は違っても、通学列車では顔を会わせるのが楽しみだった。当時はまだ蒸気機関車で、歴史的にも機動力の高いD 51が多かった。

いわゆる自分は、期待されてはいなかったのだ。入学式の終了後に教室に入り、初めて担任の先生と顔を合わせた時だった。

「あっ！　あの時の試験監督官だ」

自分のクラス担任が入学試験会場で怒鳴った試験監督官だった。何となく因縁めいたものを感じたのである。

工業高校在学中は悲惨だった。機械科の同級生は皆、優秀だった。自分は、いわゆる勉強のしない落ちこぼれである。母親が年末に呼び出され、担任から成績不振の理由を問い詰められたほどで

ある。

それは、大学に進学したい気持ちを押さえて入学したこともあり、授業科目や実習等に魅力を感じてはいなかったからである。ただ、毎日の通学列車内では、進学校の生徒が大学進学に備えて受験勉強をする姿を見るのが辛かった。

勘違いで入った通信教育部

工業高校の卒業式が終わり、教室に戻ると三年間受け持ってくれた担任の先生から思いもかけない報告がなされた。担任の先生が通信教育で大学を出たというのである。

「君たちも努力すれば大学を卒業できる」

そう言って誇らしげに大学の卒業証書を見せてくれた。当時、工業高校は三年間クラス編成が変わらず、担任も同じであった。したがって、機械科三年B組は三年間同じ仲間で、席順も毎朝繰り返される四〇人の点呼も覚えてしまうほどだった。

「高校の教師なのに今さら何を！」

の感はあったが、卒業証書をよく見ると自分たちと同じ卒業年度だ。担任の先生は高等専門学校を終えていたが、大学は卒業していなかったのだ。数年、いやもっとかかったかも知れないが、自分たちの卒業年度に大学の通信教育課程を終えたようだ。

自分は工業高校を受験した段階で進学は諦めていたため、ただ漠然と聞き流していたのだが、そのアドバイスが自分の人生を左右することなど思いもよらなかった。

担任の先生が勧めてくれた通信教育部は、法学部や経済学部、文学部のいわゆる文系で、理学部や工学部などの理系は含まれていなかった。これには戸惑った。そういえば、担任の先生の担当教科は数学であったが、卒業証書に書かれていたのは法学部だった。

自分は前向きに勉強しなかったのにもかかわらず、少しでも工業高校で学んだ知識を活かしたいと思ったが、該当する学部はない。しかし、文学部ではあるが地理学科に工業地理の履修科目が含まれていた。

手続きを終えた時点で、理系の工業とは無関係であることを知ったのだが、やり直しはきかない。しかし、それが奇跡的に恩師と出会えるキッカケになったのである。

通信教育での単位取得は困難を極めた。まず、各科目のレポートを提出して審査を受け、合格すると科目試験の受験資格を得るのである。

レポート審査が厳しく、何度もレポートの再提出を求められた。試験を諦めた科目も多かった。さらに、本校で年間二回の集中講義に出席し、単位を取る義務も課せられていた。いわゆるスクーリングである。

学歴が恋をも左右する

そういえば、小学校の担任の先生は臨時教員だったため、夏休みはスクーリングに行っていた。当時は教員不足だったこともあり、専任教員は一組のみで、二組と三組は臨時教員だった。臨時教員の先生は、通信教育で教員免許を取得していたのだ。

自分は二組だったのだが、北海道の短い夏休みが終わっても担任の先生は戻って来なかった。何故かと思っていたが、今にして思えば東京の大学へスクーリングに行っていたのだ。

当時は給食も無く、クラス児童の半分は弁当を持参できなかった。昼食の時間になると、教室から出て廊下や運動場で待っていたものだ。そんな貧しい時代だったが、小学三年生の頃、自分たちのクラスでは山羊を飼っていた。

雄の子山羊は乳を出さないため、生まれてすぐに処分されてしまう。それが可哀想でクラスで飼うことにしたからだ。小学校近くの生徒が順番で餌を与えるのだが、一クラスは六〇名を上回る人数だったため、めったに順番が回ってくることはなかった。

秋も深まる夕暮れ時、山羊に餌を与えようとして自分たちの教室に目をやると、何故か人影が見える。校舎の窓の外から只ならぬ雰囲気を感じ、不思議に思ってそっと覗いてみた。当時の校舎は置石の土台である。窓から覗くには背が足りない。身体の大きな同級生が自分を肩車してくれた。教室全体が見渡せる高さから覗くと、なんと担任の先生が愛の告白をしている最中だった。

相手は地元の学芸大学（現在の教育大学）を出たばかりの若くて美しい女教師だった。若い男性教師の憧れの的だったようで、子供心でも気付くような青春バトルを繰り返していた。クラス担任の先生に対し、いつもは優しそうな女教師が突然、

「私は大学出よ」

と厳しい口調で言い放ったのには驚いた。

どちらかといえば、担任の先生は若くてハンサムだったが、好かれてはいなかったようだ。しかし、昼食時には、弁当を持参できないクラス児童を庇い、お昼は食べていなかった。子供心にも胸に詰まるものがあった。その場では、担任の先生が「雄の子山羊」のようで、可哀想に思えたのである。

このことは、一緒に来ていた同級生と内緒にしていることにしたのだが、翌日から担任の先生は落ち込みが酷く、笑顔も消えて授業もままならない状態だった。よほどショックを受けたようだった。

その後、元気のない授業が一週間以上も続いたのには辟易したのである。いろんな憶測が飛び交っていたが、自分はその理由を知っていた。

「失恋したのか？」

子供心にもそう思えたが、「学歴が恋をも左右する」ことを早くも知った時だった。

エゾヤマザクラの咲いた頃

通信教育のスクーリングは、通学生が休みになる夏季と冬季に設定されていて、東京まで行かなければならなかった。一般企業に就職した同級生は長期の休みが取れず、その段階で履修を諦めざるを得なかった。自分は最初から通信教育での履修が可能な公務員だったため、スクーリングに参加することができたのである。

公務員といっても普通高等学校に併設されている機械科の助手で、先の見えない仕事に就いていた。というよりは、通信教育を続けられるように担任の先生が配慮してくれての就職だったのだ。

当時は経済成長期で、技術者養成が急がれていたため、普通高校に工業科が併設されていた。季節修学の家庭科もあって、四年課程だったために高校を出たての自分とは歳が同じだった。そんなこともあり、生徒と助手の自分は友達のような感じなのだが、先生方は生徒との立場の違いを認識するよう求められていた。

就職した高校は上川盆地の北に位置する名寄盆地にあって、遠くから通う生徒のために寮が用意されていた。

今では考えられないが、男子生徒と女子生徒が同じ屋根の下で共同生活をしていた。但し、一階が女子生徒、二階が男子生徒である。もちろん生徒は数人の相部屋なのだが、助手の自分には先生方と同じ個室が与えられた。

男子生徒は友達のような感覚で気楽に付き合えたが、女子生徒の中には歳の近い自分を恋愛の対象としてみている生徒もいて、何かにつけて部屋にきていた。自分の部屋は二階の奥だったので、その度に男子生徒のざわめきが聞こえ、噂しているようだった。

女子生徒からは、恋の悩みや進学などの相談をされたのだが、適切な助言をするのは無理だった。自分には恋や大学受験の経験がなかったからだ。逆に、大学進学を目指す生徒が羨ましく思えたのである。

そんなある日、新しい入寮者に可愛い女子生徒が加わった。通学時間が受験勉強に差し支えるとの理由だったようだ。父親は小学校の校長先生で、田舎の不便な小学校に赴任したからだった。

その女子生徒は色白で目が大きく、今でいえばアイドルグループのメンバーのような可愛い娘だった。セーラー服がよく似合う。自分は工業高校で男子生徒ばかりだったので、セーラー服が眩しく思えたのである。

毎日、朝と晩には顔を合わせるのだが、声を掛けることすらできなかった。いつも数人の同級生と行動を共にしていたからだ。

北海道の遅いエゾヤマザクラの花が咲いた五月、数人の生徒たちとお風呂に出かけた時だった。寮にはお風呂が無かったのだ。背後から声を掛けられ、振り向くとその女子生徒だった。

「どこの高校から来たの？」

と話しかけられた。工業高校の名を告げると
「兄も同じ高校」

これには驚いた。そういえば女子生徒の名前は聞いたことがある。一年先輩の電気科だ。当

時、電気科は自分の入った機械科よりもレベルが高かった。

自分は石北本線だったが、富良野線で通ってくる同級生から噂は聞いていた。彼は女子生徒の兄と中学時代には同級生で、浪人をしてまで入ってきていたのだ。中学の同級生の妹に可愛い娘がいることを話してくれたことがある。

「この娘のことか」

あまりの偶然に驚いたが、噂どおりの可愛い娘だった。

それからは毎日顔を合わせるのが楽しみとなった。しかし、エゾヤマザクラも散って若葉が生い茂る季節には、その娘が早々と寮を出て自宅からの通学に切り替えたのである。

その理由は知らされていなかったが、自分との噂が原因のようだった。あまりにも突然で、散りゆく花弁のごとく落ち込んだのである。それ以来、顔を会わせることもなくなった。

ジャガイモの花

通信教育部生としてスクーリングに参加した二年目の夏、同じ工業高校の機械科で、北海道開発局に勤めていた級友と待ち合わせた時だった。大学キャンパス内を白いワンピースの裾を靡かせ、まるで映画に出てくるような美しい女性が目の前を通り過ぎたのだ。

二人で呆気に取られて見ていたが、授業が始まるので慌てて別れ、それぞれの教室に戻った。彼とは学部が違ったのだ。

気持ちも冷めやらぬまま教室に向かい、後ろ側の席で講義を聴いていると、なんと先ほどの女性が遅れて入ってきたのだ。彼女は周りの視線を気にしながら自分の横の席に座ったのである。

さかんに腕時計を気にしながら何か言いたそうにしている。こちらを気にしているようだ。

小声で出席は取り終えたことを伝えると微笑んでくれた。授業終了後には自分が証人となり、彼女の出席を認めてもらったのである。

「あっ！　そうか」

食堂は講義棟の地下にあって、工業高校時代の級友に会うために階段を降りたのだが、後ろに人の気配がする。振り向くと彼女だったのには驚いた。階段を降りてからも付いて来るので、そのまま二人で彼に会った。

級友はよほど驚いたのか言葉も出ない。そのまま三人で昼食を食べたのだが、美人を前にしての食事は緊張と興奮で味を感じることもないほどだった。工業高校では男子生徒ばかりだったので、女性と食事などしたことがなかったからだ。

訳も聞かず、無言で食べ終えた彼は、

「それじゃ！」

慌てて立ち去ってしまったのである。彼なりに気を利かせたつもりなのかも知れない。

「悪かったかしら」

彼女は済まなそうに微笑んでくれたが、緊張して弁解もできなかった。

それからは同じ文学部ということで、一緒に一般教養の授業を受けることになった。毎日がまるで恋人同士のような感じに思え、有頂天になっていた。

彼女は京都市左京区の女性らしく気品に満ちていて、顔が小さく脚も長いため女優のようだった。今にして思えば、青春歌謡全盛期の時代だったが、「下町の太陽」を歌った倍賞智恵子風の美しい女性だった。

自分は北海道上川盆地の片田舎、胴長短足の道産子である。気後れの毎日の中で、つい嘘をついてしまった。彼女は自分よりも一つ年上だったのだ。それでも同じ歳ということにした。そのため、話題の中でそれが悟られないように辻褄を合わせるのが辛かった。

とにかく優しい女性だった。暑さの中での講義は、北海道から来た自分には地獄のように思えたが、彼女が優しく扇子であおいでくれたりもした。今にして想えば、まるで竜宮城の乙姫様におもてなしを受けている浦島太郎のような気分だった。

スクーリングも終わりに近付いた頃、彼女から思い出に郊外の行楽地に行くことを提案された。それを横で聴いていた他の受講生から一緒に行きたいとせがまれた。彼は彼女の熱烈なファンだったのだ。

翌日は二人で待ち合わせの場所に行ったのだが、彼女にいつもの微笑みはない。傍に近付くなり、いきなり腕を抓られた。突然の痛みと驚きで危うく声を出すところだった。その後、彼女は急用ができたとのことですぐに帰ってしまったのである。

その場に取り残された自分たちは、話すこともないまま別れたのだが、何か割り切れないものがあった。彼女のファンだという彼は、いつも彼女に付きまとって恋文まで渡していたらしい。今でいえばストーカーである。そのことに彼女は嫌気をさしていたようだ。

彼女の気持ちを解しない無頓着な自分を嘆いた。それからは彼女と二人だけで会うこともなくなった。しばらくして、京都から彼が来ているとの噂を聞いた。京都の名門国立大学の学生だという。

「自分はジャガイモの花だったのだ」

その時の精神的ダメージは大きく、己がいかに未熟であったかを痛感したのである。

それから程なくして北海道に戻ったが、何故か通信教育の勉強も疎かになり始めた。集中力に欠け、レポートの提出が間に合わなくなり、試験も受けられない状況に陥った。

寮に戻ってもあの女子生徒はいない。

「このままでは……」

藁をもつかむ思いから、昼間部への転部試験を目指すことにしたのである。

無職の惨めさ

高校の助手を退職したのはそれから間もなくである。自宅に戻って気が付いたのは無職の惨めさだった。仕事を無断で辞めて帰ってきた息子だが、家族は優しく見守ってくれた。ところが、近所の人たちの目は厳しいものだった。

「あの馬鹿息子が仕事を辞めて帰ってきた」

小さな会社だ。父親も職場では辛い思いをしていたに違いない。

そんなある日、高校時代の友人から若人の集いに誘われ、気晴らしに参加したことがある。

彼は高校時代に両親と死別し、辛い思いをしてきたのだ。そのためか、自宅に引き籠っている自分を心配して誘ってくれたのだ。

若い女性から仕事は何かと聞かれ、答えられない自分が惨めだった。いわゆる浪人生ということにはなるのだが、通信教育部の学生とは言えなかった。それからは、誰にも会えなくなった、というよりは会わないようにした。無職の惨めさを痛感したからだ。

無職は惨めなだけではなく、収入も得られない。したがって、友達と会うために喫茶店で待ち合わせるお金も持ち合わせていないのである。また、会って慰められても解決しないのは知っていた。

二月に退職したものの、転部試験は四月の始めだった。受験までの時間的余裕はない。また、近所の目を逃れるためでもあったが、毎日社宅の二階にある暗い押入れの中に閉じこもった。灯りは小さな蛍光灯スタンドだけだった。毎日の食事とトイレ以外は押し入れの中だ。昼夜の区別がない押入れは、周囲に気を使うこともなく、落ち着いて受験勉強に集中することできたのである。

高校時代の友人が心配して励ましにやってきてくれるのだが、受験勉強が無駄な努力と思ったことは一度もなかった。友人は幼馴染で、中学のときからの親友だ。いつも将来の夢を語り合っていた。それは、

「仕事に就いてからも大好きな魚釣りを続けよう」

そんな他愛のない夢であった。

魚釣りは渓流釣りのことで、日曜日になると二人で緑に包まれた渓流での魚釣りを楽しんだものだ。川面を吹きわたる風が冷涼で心地よく、若葉が香る季節にはフィトンチッドが運ばれてくる。

北海道の夏の河川は大雪山や日高山系の融雪水のために水温が低く、上流では岩魚（イワナ）が生息しているが、中流は山女（ヤマメ）、下流はウグイである。特に、山女は川魚の中でもパールマークが美しく、素早い竿さばきが必要だった。

彼は普通高校から既に地元の教育系大学に入っていて、教師を目指していた。大学とはどういう所であるかについても教えてくれた。最終的には研究者の道を選んだのだが、若くして「癌」でなくなった。

無二の親友の死はショックだった。奇しくも自分が大学の助教授に昇任した頃である。親友の弟からの連絡で札幌の病院に駆け付けた時は、本人であることさえ確認できないほど痩せ細っていた。信じられない思いで枕元に立つと、それでも彼は

「また魚釣りに行こう」

と言って語りかけてくれたのである。病状を知らされていたこともあり、

「それを楽しみに待っているから」

そう答えるのが精一杯だった。彼が亡くなったのはそれから一週間後のことである。

「もう彼とは釣りを楽しむことはできない」

訃報が届けられた時には涙が止まらないほど泣けた。彼の励ましがあったからこそ、押入れでの受験勉強を続けることができたのだ。

無謀な挑戦への旅立ち

転部試験の勉強に励んではいたものの、東京では自分の力で生活しなければならなかった。丁度その頃、東京の新聞社が配達員確保のために奨学生を募集していて、働きながら大学に通える制度があることを新聞広告で知った。

確かに新聞配達は朝と夕方である。通学は可能なのだ。そこで、東京での生活を支えるために新聞社の奨学制度に応募したのだった。採用が決まった時は嬉しかった。東京での生活が保障されたのである。

しかし、新たな旅立ちを前に、通信教育を勧めてくれた工業高校時代の担任の先生が自宅を訪れ、受験は諦めるよう説得に来た。

「合格する確率がほとんどない」

との情報を得たからである。その代わりに地元での再就職を勧められたが、一般企業では通信教育が続けられない。

確かに無謀な挑戦ではあるが、自分は試験に落ちても後悔することはないと思えた。とにかく大学に行きたかった。また、ここで諦めたら一生後悔すると思えたのである。たとえ、

東海の　小島の磯の白砂に　われ泣きぬれて　蟹とたわむる　（石川啄木）

この短歌のようになったとしても、自分が「井の中の蛙」で終わりたくなかったのである。母は息子の旅立ちを嘆いた。まだ大学に合格さえもしていない。工業高校もようやく卒業できたのだ。成績不振で呼び出された過去を思えば、確かに母親が心配するのは当然だ。

現実的に考えても転部試験に受かる確率はほとんどない。また、合格した話は聞いたこともなかった。万が一、合格しても新聞配達をしながら大学を卒業することなどあり得ないと思っていたからだ。

転部試験は四月の始めだが、新聞社への挨拶は三月下旬である。広い東京で何区の販売店になるかはまだ決まっていない。東京での生活に備え、布団一組と蛍光灯スタンド、英語の辞書だけは新聞社の本社に送り、まだ雪が残る故郷の小さな駅を後にした。

大きくはない旅行鞄には着替えと僅かな退職金、余分なお金は持っていなかった。退職金は転部試験に合格した時の入学金である。自宅を出るときは二度と惨めな里帰りだけはしたくないと思っていた。

新聞配達での想い

上野駅に着いたのは、故郷の駅を発った翌日の夕方だった。当時は集団就職が華やかな時代で、就職列車から降り立った上野駅のホームでは、就職先の多くの人が待ち受けていた。雑踏の中では、井沢八郎の「ああ上野駅」の歌詞にあるような心境だった。

新聞社の本社には販売店の店主が待っていた。あご髭を生やした元気そうな人だった。販売店は東京杉並区の住宅街だったが、下宿は近くの三畳一間の粗末な建物だった。車が通る度に揺れた。静かな田舎とは大違いだ。毎晩、耳栓をして寝ることが多かった。

仕事は早朝の三時に販売店で配達する新聞にチラシを入れ、四時になると自転車での配達である。配達の手順は、アルバイトで新聞配達をしている中学生から前日の夕刊配達で学び、約二時間で配り終えるのである。

新人には都営団地が担当地域に充てがわれ、自転車から降りて四階や五階まで階段を駆け上がらなければならなかった。田舎には高層住宅がない。したがって、想像していたより配達作業は辛かった。

それればかりではない。今では薄いビニールに包まれているのだが、当時は雨の中での新聞配達は困難を極めた。自分の衣服が濡れるからではない。配達する新聞を濡らさないでポストに入れなければならないからだ。

しかし、ポストのない家もあり、軒先に置くのだが、濡れた苦情の連絡が入ると再度、配達し直さなければならない。大学の一時限目の授業に間に合わなくなることもしばしばだ。特に梅雨時には、新聞配達後に授業を休むことも多かった。

しかし、それだけではなかった。配達を終えた新聞を、後からきた他の新聞社の配達員がポストから抜き取ることもあった。当時はこれが新聞配達業界の現実なのだ。当然、

「新聞が配達されていない」

との苦情が寄せられるのだが、自分の責任になる。その仕返しをしたことはないのだが、待ち伏せして喧嘩になったこともある。

夜は夕刊の配達が終わると、月に一度の集金が待っている。当時は銀行振り込みが無かったからだ。集金は、夕食時の時間帯に訪問するのだが、灯りがあっても居留守が当たり前だった。ただ、裕福そうな家庭ほど支払いが悪いのには驚いた。集金時に出直しを強要されることもあった。この経験は、社会の見た目と現実を知る貴重な体験となったのである。

新聞配達中、辛い時にはかつて小学生で新聞配達をしていた同級生を想い出していた。彼女は自宅が新聞販売業を経営していたため、毎朝、新聞配達をしていたのだ。

小学五年生の時だった。その娘が下校時の掃除当番のことで男の担任の先生と言い争いになり、取っ組み合いの喧嘩になった。当然、先生はなだめているのだが、飛び掛かっていくような男勝りの娘だった。

唖然としている同級生を尻目に、興奮した女の子は、

「先生を警察に訴える」

というのである。今にして思えば、家族の都合で夕刊の配達を言い渡されていたが、それを担任の先生が許可してくれなかったのだ。

そんなことがあった翌日から、彼女は学校には来なくなった。

「今日も来ていない！　明日も来ないのか？」

やはり女の子だ。あんなことがあったので、恥ずかしくて来ることができないかも知れないと思った。

毎日空いた机を見るのが辛くなってきた。その娘は幼馴染で、小さい頃からの知り合いだ。学校が終わってから自宅に来て一緒に遊んだ仲だった。したがって、母親もその娘を知っていた。

母親に相談すると毎朝五時には新聞配達を続けているという。翌朝、早起きしてその娘が来るのを外で待った。眼を逸らして通り過ぎようとしたが、

「おはよう」

と声をかけるとニッコリと微笑んでくれた。

「今日、教室で待っているからね」

そう告げると

「ありがとう」

と言って走っていった。その日の朝は教室の入り口で待っていて、一緒に教室に入ったのである。その時に一番喜んだのは担任の先生だった。

美人薄命は本当だった

中学校に入り、例年のように学芸会が挙行され、一年生の出し物は「姥捨て山」だった。何故か主役の孝行息子に選ばれたのだが、その相手役がなんと小学生のときに新聞配達をしていた彼女だったのである。

孝行息子の自分は野良着だったが、彼女は着物（浴衣？）姿だった。普段のセーラー服とは違う。大人びた美しい彼女の容姿に驚いた。その頃から、自分にとって彼女が特別な存在になっていた。

教室で悪さをすると、何故か彼女に戒められることがあり、不思議でならなかった。高校は違っていたため、それから個人的に会うこともなかったが、高校卒業後は女優になったことを知った。

確かに高校時代に通学列車で見かけた時は、その美しさに驚いたことがある。色白で透き通るような肌で、まるで生きたマネキン人形のようになっていた。中学時代の友人が彼女に夢中になっているのだが、相手にしてもらえないことを嘆いていた。彼は中学三年生の時は同じクラスで、その頃から好きだったようだ。

夏休みに帰省すると、彼女と幼馴染の自分に「彼女に付き合ってくれるよう頼んでくれ」と言われたが、無理な相談だった。彼は貧しい開拓農家で高校ではなく専門学校しか出ていなかったからだ。

理由は説明しなかったが、複雑な心境になって断った。「学歴が恋をも遠ざける」ことは小学校時代から知っていたからだ。その後、彼は自分の存在をアピールするために会社を興したが、倒産して自暴自棄となり、若くして病気で亡くなった。

女優になった彼女が、テレビ局のディレクターと結婚したという噂を風の便りで聞いた。彼女は東京で開かれた中学時代の同窓会で、自分が学者になれたことを我が事のように喜んでくれた。

彼女は相変わらず美しく、綺麗な女性は何歳になっても美しいと思えたのだが、教授になったばかりの自分に、

「私はそうなると信じていた」

その言葉には驚いた。自分を信頼していてくれたのだ。しかし、自分でも学者になれるなど考えてもいなかったからだ。小学校で不登校になった彼女を

「教室に戻れるよう待っていたからなのか？」

胸がジーンと熱くなるのを覚えた。

同窓会の後、彼女の自宅は自分の息子が通う大学の近くであることを知り、何度か訪ねてみようと思ったが、その機会に恵まれることは無かった。しかし、それから数年後に開かれた同窓会には来ていなかった。

同窓会幹事が彼女に連絡を取った時には、既に亡くなっていたのだ。「癌」だったようだ。

「美人薄命とはこのことか」

学芸会では確かに自分の彼女の役柄だったのだ。何故か淋しさと空しさが心の中をすり抜けていくのを覚えたのである。

大学進学の意味

新聞配達は四月の初日からであったが、転部試験はその一週間後だった。当然、朝刊の配達を終えてからの試験になる。したがって、眠たい眼をこすりながらの受験だったが、試験科目は英語と作文だけなのに救われた。

しかし、試験会場で驚かされたのは受験生の多さだった。四〇〇人以上も入ると思われる大教室が三部屋あって、昼間部の転部、すなわち他学部への転部希望者、また二部と呼ばれた夜間部から昼間部への転部、さらに、他大学からの編入試験を受験する学生もいた。

通信教育からの転部希望者は数少ないようで、自分が無謀な試験を受けている気がしてならなかった。工業高校だったこともあり、英語の基礎力不足は否めない。僅かな期間ではあるが、押入れに入って必死に勉強したのだ。

英語の試験は苦手な文法ではなく、長文の英文解釈が主体の問題だった。いくつかの解らない単語があったが、文章全体から読み取ることができた。

作文の課題では、「大学進学の意味」についてであった。周りの受験生にとっては頭を抱えるほど難問のようであるが、自分は仕事を辞めてまで受験したのだ。高校を出て就職し、大学進学の重要性を認識してからの受験だったので、その想いをぶつけるように書き綴ったのである。

試験が終了して最初に思ったのは、

「これで駄目だったら諦めよう」

そう思えたことだった。これは、答案の出来、不出来にかかわらず、通信教育からの転部は制度上のことであって、前例は皆無に等しく合格は難しいことが予測できたからである。

「やはり、高校の担任の先生の言うとおりだったのか」

そんな気持ちが頭を過ったが、受験できたことには満足していた。それは、これ以上の答案を書くことが自分には不可能だと思えたからだった。

したがって、不合格の場合には故郷には帰らず、新聞配達をしながら予備校に入り、転部試験ではなく他大学も視野に入れた入学試験に臨むつもりでいた。大学はどこでも良かったが、今回受験した大学の授業料が一番安かったことには魅力を感じていた。

外堀公園の桜並木で

それから一週間、何事も無かったかのように新聞配達に明け暮れていたが、合格発表の日、気晴らしにパチンコ店で運勢を占った。あまりにも玉が入るので、嬉しくなってパチンコ台の番号をメモすることにしたが、用紙の持ち合わせがない。止むを得ず記憶することにした。

大学構内で合格発表の掲示板を探したが見当たらない。それは、新聞やテレビで報道している大きな掲示板をイメージしていたからだ。ただ、人だかりがする掲示板を覗くと、合格者の受験番号が小さな紙に書かれていた。あれだけ多くの受験者がいたのだ。

「合格者はたったこれだけか……」

自分が合格することなどあり得ないと思った。諦めにも似た心境で自分の番号を探したが見当たらない。当然だとも思えた。

帰り道、外堀公園の桜が満開だったが、時折散り行く花弁が自分のように思えて情けなかった。まさに、「桜散る」である。これからどうしようかと思ったが、もう必要がなくなった受験票を取り出してみると、掲示板で探していた番号と違う。

「あれはパチンコ屋の台番号だ」

慌てて戻り、受験表に記載されている番号を探したのである。

「あった！」

一瞬、そのときは奇跡だと思った。暫く呆然とみていたが、事務局で入学手続きの書類を受け取って我に返り、帰り道では桜並木を吹き抜ける冷たい風が頬に心地よく感じられたのである。

早速、その足で外堀の対岸にある通信教育部の事務局に合格の報告に立ち寄った。事務職員の多くが、

「君は通信教育部の履修生に夢を与えてくれた」

そう言って、涙を流して喜んでくれたのには驚いた。それだけ難しい試験だったことを再認識したのである。

大学では転部試験のため、二年間の通信教育で取得した単位を換算し、三年生からの入学を許可された。しかし、第二外国語（ドイツ語を履修していた）の単位は取っていなかった。取れなかったのである。

英語と第二外国語は一般教養だったので、教養課程で取得することが義務付けられていた。そこで三年生への転部は諦め、二年生に転入することにしたのである。

「一年浪人したと思えばいい」

そんな心境だった。しかし、昼間部に通えることにはなったものの、新聞配達と学業との両立は母親から指摘されたように厳しいものだった。

転部試験に合格し、憧れの大学生になった学生時代。自分が通った千代田区富士見町にある法政大学のキャンパスは、中央線飯田橋と市ヶ谷の間にあって、外堀公園の桜並木を歩いて通学するのが楽しみだった。合格した時は桜が満開で、春の冷たい風が心地良かった。新聞配達は杉並区だったので、通学には便利な場所だった。

朝刊配達はまだ良いのだが、夕刊の配達は午後の四時からである。したがって、午後四時限目の講義は途中で抜け出すか、出席できないでいた。四時限目の履修科目には必修科目もあって、

「このままでは卒業単位が取れない」

そんな自分を気の毒に思ったのか、同学年の女子学生が講義に出られない科目のノートを貸してくれたのである。本当にありがたかった。

恩師はドイツの客員教授

人との出会いは偶然である。その偶然が己の運命を決定することがある。工業高校から文学部を選んだのは勘違いだったのだが、それが恩師に出会うキッカケとなったのである。

恩師を初めて知ったのは、大学三年生の春だった。その頃、恩師も国立大学から助教授（今の准教授）として赴任してきたばかりだった。

その時は教室で一番若い先生で、授業の内容は横文字が多く、単位を取るのも難しいと思っ

たが、真っ白なワイシャツに結んだネクタイがやけに似合うのだ。少し緩めたネクタイが板書の度に揺れ、それを最前列の女子学生がウットリして見ているようだった。

それは、恩師の若くて背の高い外見だけではなく、声がバリトンのように低く、教室全体を包むように響くからであった。特に、外国語の発音は日本人とは思えないほどであったのだ。教室の最前列はほとんど女子学生が占領していて、男子学生は後ろの席で講義を聴いていた。他の教官であれば、ネクタイが緩むとだらしなく見えるのだが、恩師だけは違っていた。

それは恩師の背が高く、大柄で外国人のような身体をしていたからだった。目も大きく、鼻も高い。最初の講義はドイツの気象についての話しが多かったので、ドイツ人と勘違いしていたほどである。今にして思えば、俳優の渡哲也に似た風貌だった。

三年生も終わり頃になると、四年生に課せられている卒業論文の指導教官を決めなければならない。当時は、助手を除く教官の職階に関係なく学生が指導教官を選べるシステムになっていて、学生の意思を尊重する形態になっていた。

それは、大学受験の段階から教官を知る学生には重要なことだった。ただ、女子学生は優しそうな教官に集中し、数十名の学生が集まる教官もいた。その反面、希望者が一人もいない教授もいて、学生を教室に呼び集めて怒られたこともあった。

自分は恩師の外見的魅力と、溢れんばかりの知識力に憧れて指導を希望したのだが、何故か希望者は少なめだった。これはチャンスだと思った。希望する学生が少ないほど、一人当たりの指導時間が多く得られるはずだからである。

ところが、現実はそうではなかった。指導生にはなったものの、恩師はドイツのハイデルベルグ大学の客員教授として留守をするという。それ故、希望する学生が少なかったのだ。

しかし、恩師は指導生になった自分に、ドイツ出発前の多忙な日々の中で卒業論文のテーマを示唆してくれた。さらに、授業終了後には解析方法についても指導してくれたのである。

珈琲の産地も知らないで

四年生になってから、卒業論文は独りで進めるしかなかった。止むを得ず、大学院で教鞭を執っていた我が国でも屈指の女子大学の教授に相談した。ただ、その大学を訪問するには勇気が必要だった。名門の国立女子大学である。男子学生はいない。

地下鉄の駅からほど近い場所にあるのだが、入ろうとすると正門前では守衛がこちらを睨んでいる。不審者だと思っているようだ。軽く会釈すると関係者だと思ったのか、無事校門を通ることができた。

名門大学とはいえ、木造の古い校舎の長い廊下を歩いていると、後ろから女性の声がする。

「あら！男の人」

そんな声を耳にしたが、振り返る勇気はない。慌てて研究室のドアをノックすると男の声、ホッとしてドアを開けると美しい女子学生？いや女子大学院生だったかも知れないが、研究室に迎え入れてくれた。

研究室は広かったが薄暗く、綺麗とは言えない部屋だったが、逆にそれが緊張を解してくれた。女子大学に入ったのはこれが初めてだった。早く帰りたかったのだが、部屋の一番奥に座っている教授の机の前に案内され、卒業論文の指導を受けることになった。背後の大きな机では女子学生が研究に没頭しているようだった。

ただ、長時間の指導には不安があった。それは男子トイレの場所を女子学生に訊くことが恥ずかしかったからだ。必死に尿意を我慢していたが、運よく教授がトイレに行くという。ありがたかった。一緒に用を足すことができたのである。

つくづく自分は運がいいと思える瞬間だった。女子大学は苦手であったが、恩師は留守だ。それから幾度か通うことになったのである。

そんなある日、女子大学の学園祭が開催されている時のことだった。どこからとなくギター

の音色と共にフォークソングらしい女性の歌が聴こえてくる。日本語の演歌ではないことは確かだった。それに聴き入っていると、

「珈琲はいかがですか?」

と誘われた。お金は要らないという。その言葉に誘われて、つい珈琲クラブの部室に入ってしまったのである。

知的に満ちた美しい女子学生は、

「どこの珈琲になさいますか?」

これには困惑した。貧しい学生生活の中で珈琲専門店など入ったことが無かったからだ。そこで、自分の知っている珈琲の名を挙げた。

「マクスウェルかネスカフェ」

一瞬、驚いた様子ではあったが、女子学生は真面目な顔で
「それはここには置いてございません。宜しければブルーマウンテンかキリマンジャロでは如何でしょうか?」

そう訊かれたが、その時は珈琲の産地も知らなかった。

工業高校では地理を習っていたかどうかも覚えていない。しかし、中学校の社会科のレベルだったかも知れない。戸惑ったが、キリマンジャロはタンザニア北東部にあるアフリカ大陸最

高峰の独立火山であることは知っていた。

コーヒーの産地が山であることに違和感があったが、

「キリマンジャロでお願いします」

とは言ったものの、差し出されたミルクや砂糖の入っていない最高級の珈琲は、知識の無さを戒めるかのように苦かった。自分が名前を挙げた珈琲は、インスタント珈琲であることを知ったのは後になってからである。

教授からは、恩師の後輩にあたる大学院生を紹介してくれた。大学院生は、自分の専門領域に精通しているとのことで、相談するよう紹介してくれたのである。

運良くその大学は、通っていた女子大学と同じ地下鉄の駅近くだった。したがって、当時は女子大学とは目と鼻の先にあったのである。

その大学は、我が国を代表する最高峰の学者が揃っていただけあり、修士課程と博士課程や他を専攻する大学院生との区別がなされているかどうかは解らなかったが、大学院生にも研究室が用意されていた。私立大学では考えられないことである。

紹介された博士課程の大学院生（後の広島大学教授）は偶然にも同じ北海道出身ということもあり、親切に指導してくれたのである。さらに、フランスの留学から戻ったばかりという大学院生（後の横浜国立大学教授）も協力してくれた。

その甲斐あってか、自分の卒業論文は翌年の春季学術全国大会で発表が許可され、その年の冬には全国学会誌に掲載された。二十三歳で論文が世に出たことには心から感謝したのである。

自分の安売り

当時は、学者を夢見ていた多くの大学院生が能力的というよりは、経済的な理由で大学を去っていった時代でもあった。特に、地方から上京してきた学生は、生活そのものが厳しかったのだ。

当然、自分も大学院進学などは考えていなかったのだが、学問を継続できたのは大学院が夜学だったからである。在学中、教員免許を取得していたため、昼間は先輩が勤務する井の頭線の私立大学付属高校の非常勤講師で生活を支え、夜は大学院に在籍して研究を続けることができたのである。

しかし、第二次募集による入学だったため、奨学金は支給されなかった。卒業論文が認められ、進学を促されたのは一次募集が終わってからであり、成績上位のわずかな人数しか給付されなかった。

当時、一次募集は学内の学生、二次募集は学外、および学内の学生と決められていて、奨学金の申請枠は一次募集に限られていたからである。現在のように申請すれば奨学金が得られる時代ではなかったのだ。

故郷では、新聞配達をしながらの苦学生との噂が流れていたため、大学院進学はあり得ないと思われていた。田舎では「院」の付いた学校は予備校しか知らなかったのだ。したがって、

「本当は大学に入っていなかったのではないか」

「何故、今さら予備校に行くのだ」

などと噂されていたようである。母親が入院中だったこともあり、両親も大学院への進学は反対だった。自分も将来は地元に戻って教師を志していた。

以前、高等学校の助手として赴任したが、教師として再出発したかった。当時の高校教師に憧れていたからである。ただ、北海道では自分が目指した教科の高等学校教員採用募集枠がなく、翌年まで待たなければならなかった。いわゆる採用試験がなかったのである。

そんなある日、非常勤講師をしている高校の主任教諭から専任教諭の依頼があった。思いもかけない言葉だった。その理由は、

「教師の立場で生徒と一緒に授業を聴く謙虚さがある」

ということだった。これは、自分の担当する授業科目の内容に自信が持てなかったため、同じ科目を担当する先輩の授業に出席し、専任の先生の授業を見習いたかったからである。

その高校では勤務する教師の四割が非常勤講師で、国立大学の院生が多かった。学者を志している教師もいたが、ほとんどの講師は安定した専任教諭を目指していた。

「何故自分だけが」

の感は拭えなかったが、嬉しかった。まるで棚からボタ餅のような心境になり、恩師に相談することにした。高校の非常勤講師を紹介してくれたのは大学だったからだ。

当時、非常勤講師の手当てだけでの生活は困窮を極め、日々満足な食事は愚か、通学のための電車賃にも事欠くほどだった。学生割引はあったが、その月は定期券を買うまとまったお金がなかったのである。

昼間は高校の授業を担当し、夜間は大学院の授業を受ける毎日だったが、暑かった夜、疲れと喉の渇きに耐えかねて一本三〇円の牛乳を飲んだことがある。残り僅かな小銭を使い果たしてしまったのだ。

その夜は、中央線に沿って大学から中野の下宿まで二時間以上かけて歩いて帰る破目になってしまったのである。専任教諭への誘いは、

「この貧しさから抜け出せる」

そう思っただけでも心が弾んだ。それだけではない。男子高校だったが、授業はいつも楽しかった。高校教師は自分に向いているとも思えた。恩師には嬉しい凱旋報告のつもりだったが、恩師からの返事は、

「自分を安売りするな」

であった。意味も解らず、翌日は高等学校側に辞退する旨を伝えたのである。多くの非常勤講師仲間からは、

「何故？　もったいない。信じられない」

との声が多く聞かれたが、その理由は説明できなかったのである。

校庭の錆びたブランコ

それから数日後、恩師から嬉しい誘いがあった。

「北海道の営林署からの依頼があり、その調査に同行するように」

とのことだった。高等学校は非常勤講師のままだったので、大型連休中は勤務時間に余裕が

あった。金銭的な問題で北海道へはめったに帰省できなかったため、またとないチャンスであった。

北海道での待ち合わせ場所は、札幌駅前にある全日空のバス乗り場だった。それは恩師が飛行機で来るからだ。自分は夜行列車だったので早めに札幌駅に到着したのだが、待ち合わせの時間までの長さは感じなかった。

それは、かつて高校の寮で知り合った先輩の妹との別れを決意した場所だったからだ。大学の転部試験に合格後、まだ高校生だった彼女と連絡を取り合っていた。大学院に進学した時には彼女が札幌の短期大学生になっていた。

夏休み、大学生となった彼女と札幌駅で待ち合わせをしたのだが、ラフな格好で現れた彼女が大人びていたのには驚いた。靴もサンダルを履いていた。高校生だった頃の面影はない。その瞬間、彼女への想いが身体をすり抜けていく感覚を覚えた。

「セーラー服への憧れだったのか?」

彼女は飲食店でアルバイトをしているという。そのせいか、話題も客や飲食店の店主の話しに終始して、学生生活の話題は聞かれなかった。

「自分のこれまでの想いは何だったのか?」

会っている間はそればかりを考えていた。別れ際、彼女は札幌駅の改札口まで見送ってくれ

た。ホームに向かう途中で振り返ると、彼女が笑いながら手を振っている。しかし、

「これが最後だ」

一方的に自分の心に別れを告げたのだ。まさに、千昌夫の「星影のワルツ」の心境だった。それは、夜学の大学院修士課程は三年で、自分が大学院在学中に彼女は社会人になっている。これからは、会う機会も限られてくるからだ。

それから十数年後、何故か別れを悔やむ自分に驚いた。懐かしさのあまり、当時、彼女の父親が勤務していた北海道の田舎の小さな小学校を探したのだが、既に廃校になっていた。しかし、彼女の住んでいた官舎はそのまま残っていた。

まさに、石川啄木の「一握の砂」にある

わかれ来て　年を重ねて年ごとに　恋しくなれる　君にしあるかな

の心境であった。

校庭の隅にある錆びたブランコが風に揺れている。座って暫く官舎を眺めていると、今にもセーラー服を着た彼女が手を振りながら駆け出してきそうな錯覚を覚えた。今でもその別れの答えは解っていない。

恩師との距離

恩師は札幌から帯広に向かう途中、列車の車窓から望遠の付いた大型カメラで盛んに写真を撮っていた。自分にはただの景色にしか見えない。夜行列車で来たこともあり、睡魔に襲われて記憶も曖昧だ。恩師は、

「一枚の写真でも講義ができる」

そう説明してくれた。これまで、スナップ写真しか撮ったことにない自分には理解することができなかった。写真一枚で九〇分間も講義することなど、想像ができなかったからである。以前、甲府盆地でヒートアイランド調査の巡検があり、恩師の後輩は大学の屋上で周辺の気候風土を学生たちに説明させられていたのを思い出した。後のユーゴスラヴィア「ボラ」調査隊の副隊長だ。それも突然である。

「自分ならできるだろうか？」

学者は、周囲の景色を見ただけでその地域の気候風土を説明することができるのだ。

列車が帯広駅に到着したのは日暮れ時だったが、営林署の車が迎えに来てくれた。宿は営林署の宿泊施設のようだったが、途中の川べりで急停車した。何事かと思ったが、「山ワサビ」を見つけたのだ。自分にはただの草むらだが、彼らは慣れているのか走っている車の中からでも見つけることができるのだ。

山ワサビは従来のワサビとは異なり、白い根のようなものだが、

「これほど美味しいものはない。今晩の〝おかず〟に！」

と分けてくれた。その夜は、恩師を取り囲んでコップ酒、ならぬ丼ぶり酒での接待が真夜中まで続いたのである。

酒のつまみは漬物と山ワサビだったが、とても辛くて食べられたものではなかった。普通のワサビとはまったく違うのだ。後で知ったのだが、山ワサビはご飯の上に乗せて食べると美味しいらしい。

恩師は大酒飲みというよりは、飲まない人との印象が強かったのだが、その夜は丼ぶり酒を付き合っていた。

「研究のためとはいえ、仕事の交流とはこんなものか」

自分は酒が飲めない。社会人として失格者であることを認識せざるを得なかった。

酔って部屋に戻ってきた恩師は、身体を揉むように告げ、そのまま寝てしまったのである。

そこで手を休めるわけにもいかず、そのまま揉み続けていたのだが、それに恩師が気付いたのは夜も明ける頃だった。

「寝ていなかったのか」

驚いた様子だったが、それからは何故か恩師との距離が縮まったような気がしたのである。

防風林の役目

十勝平野は、発達した低気圧の中心がオホーツク海付近を通過すると、強い北西の季節風が吹き荒れる。これは、「十勝風」と呼ばれている局地風で、西高東低の冬型気圧配置で日本列島の太平洋側で吹く「おろし」に相当する風である。

十勝平野の風上側には石狩山地と日高山脈があって、その山地の狭隘部にあたる狩勝峠は十勝風の吹きだし口になっている。特に、十勝平野が日中の陽射しで暖められ、上昇気流が発生して気圧が低くなる日中の午後になると風速が強まる傾向がある。

したがって、十勝平野は北海道の内陸部に比べて雪が少ない。これは、風上側に聳える日高山脈や石狩山地がシベリアからの寒気をブロックしているためであり、春先は日高山脈から吹き下りる北西の十勝風で、耕地の土壌水分含有量が少なく乾燥しやすいのである。

営林署との共同調査は、十勝平野に多く見られる防風林の効果を調べるためのものだった。密度の高い防風林は、畑作地域の作物の葉に付着する土壌飛来を防ぐ重要な役目を果たしているのだ。

日高山脈の西側斜面。南北に連なる日高山脈は、西高東低の冬型気圧配置で吹きつけるシベリアからの寒気をブロックする役目を果たしている。西側斜面は５月になっても残雪がみられるが、風下側の十勝平野は降雪量も少なく、乾燥した風が吹き荒れる。

この地域にとって、防風林がいかに重要な役目を果たしているかを知った。と同時に、この十勝平野に広がる防風林の面積から、いかに北海道開拓時代が過酷であったかを実感させられた。

防風林の多くは国有林である。農林省（現在の農林水産省）の管轄である営林署は、その維持・管理を任されているからだ。

広大な防風林の地理的位置や密度は、国土地理院の地図にも記載されていて、移動中に道に迷うことはなかったが、営林署の職員は夕方五時には

十勝平野に広がる広大な畑作地帯。当時はほとんどの畑作物がジャガイモ等の野菜類であったが、最近は小麦が栽培されている。それに伴って、防風林の必要性が少なくなり、碁盤状に植林された防風林密度も減少傾向にあるように思われた。

帰宅するため、時間厳守での道案内は地図上の距離と車の速度を勘案しなければならず、厳しいものだった。

北海道には国立大学の演習林が多く設けられていて、営林署が管理しているようだったが、以前、東京から実習に来ていた学生が署員にいじめを受け、農林省（当時）の上級公務員となって戻り、仕返しをしたことを移動中の車の中で説明してくれた。

「その根性が素晴らしい」

と褒め称えていた。

「自分たちにはその根性がない」

とも言っていた。彼らは初級公務員なのだ。

恩師の意図

十勝平野の防風林。北海道の南東部に広がる十勝平野は、春先の乾燥した西風が土壌飛来を招き、畑作物の葉に土壌が付着して枯死するのを妨げるため、広大な平野にはカラマツやシラカバの防風林が一定密度で碁盤状に植林されている。

調査の目的は、樹木の偏形方向と曲がり方から風の強さと風向を知ることだった。樹木の生育過程の風を再現し、その実態を把握するためである。それは、観測器械を使わずに数十年間の風ベクトルを知ることができる重要な調査だった。

この手法は、ドイツのロースヌ谷でトロール博士（ボン大学学長・世界地理学会会長）が実証し、恩師がボン大学留学中に学んできたものだった。

偏形樹の調査では、まず樹種、樹高、および曲がっている方向をクリノメーターで読み取るのだ。読み取った風向は、樹木の生育期間のベクトル平均風向に相当するものであるから、その地域の主風向がわかるのだ。

さらに、樹木の曲がり方から偏形度を五段階に分類し、風の強さを推定するのだが、調査当初はまったく読めなかった。恩師の読み取った数値とは違うのである。

夜には机上の魔法瓶を偏形樹に見立て、クリノメーターを駆使して練習した。そんなことを繰り返しているうちに、少しずつ恩師が読み取った数値に近付いてきた。嬉しかったが、樹種や樹高は相変わらずわからなかった。

十勝平野のカラマツの偏形樹。偏形方向から生育期間中に受けた風のベクトル平均風向と、ダメージの度合いから風の強さを推定することができる。カラマツは枝が対称形をなしていて、この偏形樹はグレード「2」に相当するものである。

父親は木材会社に勤務し、自分も工場敷地内の社宅に住んでいたのだが、マツ科のエゾマツ・トドマツ、ヒノキ科のヒバと呼ばれるヒノキアスナロやイチイ科のイチイ、すなわちオンコの製材は見慣れているものの、樹木や樹形そのものは知らなかったのである。

北海道の防風林の多くは、落葉針葉樹のカラマツや落葉広葉樹の白樺であるが、独立した樹木にはヤチダモ、ヤチハンノキ、ヨーロッパポプラ、海外ではフラストと呼ばれるカシワの類などであるが、枝が対称形のカラマツを除き、これらの樹木の偏形度の判別は難しかった。しかし、この調査で得た知識が人生を大きく変えることになる。

恩師を隊長とする文部省（現在の文部科学省）海外学術調査団が結成され、その団員として選ばれたのは大学院修士課程三年（夜学は三年課程）の時だった。旧ユーゴスラヴィアのアドリア海岸に吹く局地風「ボラ」の調査である。

調査隊員で学生だったのは自分だけである。自分が選ばれたのは、偏形樹の調査ができるとの理由だったようだ。ようやく恩師の意図が理解できた時だった。胸が熱くなった。

ただでは済まない恩義

海外調査の出発の時を迎えたが、これまで国内線でも飛行機に乗ったことはない。ましてや国際線である。当時はまだ成田の飛行場が存在しない時代であり、国内線・国際線は共に羽田だった。

出発の時刻になって突然の雷雨で出発便が大幅に遅れ、ボーディングブリッジの不足から、機内には雨上がりのターミナルから歩いて直接搭乗したのである。

タラップの階段を上ると、入り口のドア付近の両側に乗務員が二人待ち受けていた。一人は着物姿の日本人乗務員で、微笑みながら自分にウインクしているようだったが、客室で日本語が通じることが分かり、そのことにホッとして気にも留めていなかった。

前列は恩師を始めとする調査隊員、その後ろの通路側が自分の座席だった。夜の機内食も終わり、乗客が眠りについた頃、首にスカーフを巻いた客室乗務員（スチュワーデス）が話しかけてきた。よく見ると入り口で着物をきていた日本人の乗務員だった。

「機内食はいかがでしたか？」

そう聞かれ、美味しかったことを告げると、その場を立ち去った後で再び戻ってきた。両手には寿司やステーキなどの豪華な食事を運んできたのである。先ほど食べた機内食とは違う。彼女はファーストクラスの客室乗務員だったのだ。

「何故自分だけに？」

不思議に思えたが、貧しい学生生活でこのようなご馳走は食べたことがなかったので嬉しかった。豪華な食事を食べ終わった後も彼女はエコノミークラスの隣の席に座り、話しかけてくれた。心地よい香水の香りが漂ってくる。

その航空機会社の国際線客室乗務員の本拠地はデンマークのコペンハーゲンにあり、このフライトが終わると二日間の休暇が得られるという。自分たちはアンカレッジで乗り換えであることを告げると、

「一緒にコペンハーゲンに行かない?」

と誘われた。その時は一瞬、というよりは大きく心が揺れた。それは、

「このまま別れたら一生後悔するかも知れない」

そう思えるほど美しい女性だった。また、スチュワーデスに対しての憧れもあったのかも知れない。

すると突然、前の座席から、

「そんなことをしたら、ただでは済まない」

低いバリトンの声がした。寝ていたと思っていた恩師が聞いていたのだ。

なんと、彼女の美しさに翻弄され、恩師が海外学術調査団員に選んでくれた恩義を忘れていたのである。それからは、己の浅はかさを実感しながらの機内旅行だったのは当然である。

ワインを飲む作法

ドイツの旧首都、ケルンに到着したのは午後二時頃だった。初めての外国だ。これまで地図でしか見たことがないドイツ西部の大都市だ。ケルンの大聖堂は教科書で習っていたので一度は訪れてみたかったが、街を散策する暇もなくボンに向かうことになっていた。

空港にはボン大学の助教授（当時）が出迎えてくれた。恩師の友人のようだった。その助教授は日本文化を専攻しているようで、日本に留学経験もあるようだった。ドイツ語の話せない（英語もろくに話せなかった）自分にとっては本当にありがたかった。

ケルンからボンまでの距離は約三〇キロであるが、思ったより遠く感じた。日本であれば、狭い道でもお互いがスピードを落とすことなくすれ違うのだが、対向車が来るたびに停車して待つのである。

これがドイツの運転マナーかと感心したが、意識的に安全運転を心掛けてくれていたのだ。後にドイツを旅行した際、ミュンヘンのタクシー運転手が際どい走りをするのには驚いた。

その夜は助教授が自宅に招待してくれた。ボンの中心市街地にある三階建てのマンションのような家だった。

「ドイツの大学の先生はお金持ちなのか？」

建物の一階はご両親が住み、招待されたのは助教授が住む二階だった。三階は助教授の弟の家族が住んでいるようだった。それぞれの階は独立していて、今にして思えば、理想的な家族の住まいだったのだ。

建物の前に広がる街並みの街路樹は大きく、舗道の木々からは緑の葉音が聞こえくる。爽やかな風が香りを運んでくる。招待された時間帯は、時差を考えると日本では真夜中である。時差と緊張で記憶は曖昧なのだが、差し出されたワインを飲む作法が印象的だった。

まず、招待者であるボン大学の助教授が二本のワインボトルを差し出し、恩師にどちらを選ぶのかを訊いているようだった。最初はワインの「赤」か「白」かの選択かと思ったが、その時はどちらも白ワインだった。

これまでは、赤ワインしか知らなかったのだが、当時の日本でのワインの普及率はさほど高くなく、赤玉ポートワインの宣伝でしか知識を得られなかったからだ。したがって、自分では白のワインが奇妙に思えたが、この地域は白ワインが主流のようだった。

ワインの産地はボルドー、ブルゴーニュで知られるフランスやトスカーナ州の葡萄産地を持つイタリア、スペインのアンダルシア地方、ポートワインのポルトガル、オーストリアやハン

ドイツのライン川に沿う斜面のブドウ畑。年間降水量が600ミリに満たないことでブドウ栽培に適しているが、寒暖の差が小さいのはライン川に沿っていることも無関係ではないようである。

ガリー、カリフォルニア、アルゼンチンなどである。

葡萄の生産は暖かく乾燥した気候に向いていて、ワインの発祥地は黒海とカスピ海の間に位置するコーカサス地方であるとされている。

その後、文明の発達に伴ってメソポタミヤ、ギリシャ、ローマ文明へと受け継がれ、ローマ帝国のヨーロッパ支配によってフランス、スペイン、ドイツへと広がっていったようである。

ドイツでは北緯四七度から五二度が主な生産地で、北海道先端に位置する稚内の宗谷岬よりも高緯度である。しかし、日本が東岸気候（ユーラシア大陸の東側）なのに対してドイツは西岸海洋性気候であり、温暖なメキシコ湾流によって寒暖差が小さいことで葡萄の生産が可能なのである。

まさにドイツはワイン生産の北限である。ドイツは緯度が高く、冷涼地に適した白ワインが生産の八割を占めているのだ。ボン大学の助教授が差し出してくれたワインボトルが二本とも白ワインだったのはこのためだった。

恩師はワインに詳しいようで、年代や産地を聞いているようだったが、一本を指定した。栓を抜いたあとは招待者であるボン大学の助教授が最初に試飲し、それからワインがグラスに注がれた。それを二時間ほどかけて楽しみながら飲むのである。

その時は、何故飲まないワインを一本余分に持ってくるのか理解できなかったが、

「ワインは中世の時代から、相手を陥れる戦略に使われた歴史的な経緯がある」

後で恩師が教えてくれた。ワインを客に選ばせることがマナーなのだ。

ボンの香りがする花市場

一九九〇年の東西ドイツ統一後の首都はベルリンであるが、当時のボンは第二次世界大戦後に分断した西ドイツの首都である。到着したケルンと同じライン川沿いに位置し、北緯約四十三度で北海道の札幌とほぼ同じ緯度帯である。

東岸気候と西岸気候との差はあるものの、街並みの樹木には共通点があった。空港から出て

思ったことは、これまで感じたことのない香りだった。

機内でも感じていたことだが、自分は香りに敏感のようだ。今回の海外調査に向け、故郷の香りである「牛乳石鹸」を持参してきたのだが、ドイツは北海道の香りとは違うのだ。不思議だった。この独特の香りは何に起因しているのかが知りたかった。

ただ、ドイツ滞在中は、その後に訪れたミュンヘンやハイデルベルグでも同じ香りだったのである。数十年後に訪れたミュンヘンやローテンブルグでもその香りだった。今にして思えば、これがドイツの香りなのだろうか。

その香りが特に印象的だったのがボンである。そのためか、初めて訪れた街とは思えないほど自分がボンに溶け込んでいるのに驚いた。

当時、ボンは経済や文化、芸術の中心を担っていた。ボン大学（正式にはウィルヘルム・フリードリッヒ大学）はその象徴でもあったのだ。

恩師はボン大学に留学していた経験があり、市内にあるベートーヴェンハウスに案内してくれた。現在は博物館になっているのだが、交響曲第五番の「運命」を作曲した偉大な音楽家の生家である。

芸術や音楽に無知な自分には、教科書でしか知らなかったベートーヴェンがこの家で生まれたのかと思うと、最初は信じられない思いだった。いわゆる感動というよりは驚きの連続だったが、ドイツに来ていることへの実感が湧いた時だった。

　日本ではクラッシック音楽を聴く機会もなかったので、その良さを理解していなかったのだが、恩師がオペラハウスに連れて行ってくれた。不思議な感覚だった。当時のオペラハウスの入場者は皆正装し、席も全て指定だった。

　温暖湿潤な気候のもとで聴く日本の音楽は四分の二拍子の演歌が似合っていて、雨に纏わる歌詞が多い。しかし、ヨーロッパの西岸海洋性の気候のもとで聴くクラッシック音楽は、何故か心が魅了されるのが不思議に思えた。

ボンの中央広場には朝市が開かれていて、生鮮食料品や果物など、その量と種類の多さに驚いた。ボンに滞在中は、毎朝大好きなブドウやプラムの買い出しにでた。当時、ブドウ１房が１マルク（約100円）程度だったので、日本に比べて安かった。お昼は、果物とカルトッフェン（フライドポテト）だけで十分だった。

　ボンの中心にある広場では、毎日のように朝市があって、多くの買い物客で賑わっていた。基本的にヨーロッパの街では、必ずと言っていいほど中央広場があって、朝市が開かれていることが多い。

　ヨーロッパの都市は、我が国のように行政による「都」からではなく、歴史的に物々交換を

人々の心の香りでもあったのだ。

独特の香りがするボンの街。ボンでは花だけの朝市が開かれていて、多くの主婦が買い求めていた。ヨーロッパの街並みに映える窓際の花や、家庭の花瓶に添えられた花、食卓テーブルの一輪挿しは、花を愛する街の人達の心までも美しく感じられた。

する「市場」が中心となって都市が形成されることが多いからである。

ボンの朝市で特徴的だったのは、「花」だけの朝市が開かれていることだった。その種類と規模の大きさに驚いたが、花の市場では香水のような心地好い香りが漂ってくる。

日本では生け花が主流であるが、ヨーロッパのホテルやレストランでは大きな花瓶に添えられた花が多く飾られている。また、レストランのテーブルには必ず一輪挿しの小さな花瓶が置かれていて、その季節の花が添えられていた。

ボンの香りは、街路樹の緑や花を愛する街の

ドイツ語のメニュー

レストランでの飲み物はワインが主流のようで、食事では必ずワインのメニューが最初に出されてくる。

ドイツのワインの銘柄は、古代ローマからの醸造を引き継ぐモーゼルやライン川に沿って広がる葡萄畑で育ったラインガウ、ライン下りで古城周辺の両岸に見られる地域で育ったミッテルラン、およびライン川の支流に沿う地域のものに分けられる。

これらの地域は、年平均気温が一〇度前後であるが、年間降水量は六〇〇ミリに満たない程度である。これは、葡萄栽培に向いた土壌のみならず、ライン川の熱容量による気温調節機能も備えているのである。

ドイツのレストランは壁や棚に絵や置物が置かれていて、家庭的な雰囲気に包まれていて好きだった。我が家の近くにもドイツのレストランの雰囲気を持つ店があって、ハンバーグやステーキが美味しく、当時のドイツのレストランを思い出させてくれる。

当時、出されたメニュー（シュパイセカルテ）は、ドイツ語なのでまったく読めなかった。したがって、ワインはおろかスープやサラダ、メインディッシュが選べないのである。

ワインの飲めない自分は水を注文したのだが、炭酸ガス入りで飲めるものではなかった。しかし、ワインとほぼ同じ金額なのには驚いた。日本では水は無料なのが当たり前だったからである。

我が家の近くにある愛知県みよし市のハンバーグレストラン「みき」。何故か内装が当時のドイツのハイデルベルク城内のレストランに似た雰囲気があって、美味しいだけでなく、当時を思い出させてくれる貴重なレストランである。

同行してくれた恩師とボン大学の助教授は、笑いながらメニューを読んでくれたのだが、これから個人でレストランにきてもオーダーできるとは思えない。これには困惑した。

ドイツのレストランに限ったことではないが、日本のように定食らしきものは書かれていなかった。いわゆるスープからサラダ、メインディシュ、デザート、コーヒーを別々に注文しなければならないのである。

食事を終えた頃、突然、助教授が厚みのある赤い大きなメニュー表を、着ていたセーターの中に隠したのだ。一瞬、何が起きたのか戸惑っている様子をみて、平静を装うように口に指をあてた。

いわゆる盗みである。恩師はそれを見ても平然としている。帰り道、これで勉強するようにと渡されたのだが、

「自分なら危険を冒してまでやれるだろうか?」

ましてやドイツの秀才が集まるボン大学の助教授である。ドイツ語の読めない自分たちのために危険を冒してまで盗んでくれたのだ。

恩師も含め、そのユーモアのある心の強さと偉大さに感動したのである。当然のことながら、その日の夜は辞書を片手にシュパイセカルテ(メニュー表)を解読していったのである。

偽物の天ぷら

ベルリン大学の留学を終えて合流した恩師の後輩にあたる留学生(後のお茶の水女子大学教授)は、ドイツ語も堪能で一緒に路面電車でオペラを聴きに行ったのだが、オペラとオペレッタの違いの知識もない自分は、なるべく安い席を選んだのだが、入場してから安い席の理由が

判った時は惨めだった。

大きな柱の陰で前が何も見えないのだ。座っているのは自分だけだ。近くのドイツ人に、

「お前はドイツ語が解るのか？」

そう聴かれたが、まったく解らないことを伝えると、何も見えないのに何故そこに座っているのか理解できないようだった。

ボンに滞在して数日後、恩師と共にボン大学の学長に挨拶に行くことを伝えられた。ボン大学のトロール学長は、世界地理学会の会長でもあったのだ。日本地理学会の会長にも会ったことのない自分にとって、晴天の霹靂である。恐る恐るついていったのだが、トロールご夫妻は快く迎え入れてくれた。

恩師はドイツ語の話せない自分に代わって自己紹介をしてくれた。紹介の内容は自分が〝ドクトラント〟、すなわち博士候補生であることと、偏形樹の研究をしていることの説明をしているようだった。

トロール学長は、その言葉で納得したようだが、突然、奥様が日本の「天ぷら」が食べたいと言い出した。

「下宿しているのだから料理できるだろう、頑張れ！」

と恩師は励ましてくれたのだが、これには戸惑った。これは、自分がボン大学に留学ができる

かどうかの分かれ道だったので、何としても期待に応えなければならない。

魚の皮を剥いて小麦粉に塗し、天ぷらを揚げようとしたのだがガスレンジではない。電熱器のプレートだったのだ。今では日本でも当たり前になっているが、使い方が解らない。結局、天ぷらは揚げられず、フライパンで焼いたのである。それでも、

「美味しい」

と食べてくれたのだが、天ぷらではない。

恩師も気付いていたはずだが、黙っていてくれた。まさに冷や汗を流しながらの訪問であった。トロール博士夫妻は予想していた以上の人格者で、偉大な人に会わせてくれた恩師に心から感謝したのである。

アウトバーンで立ち小便

ボンでは二台の中古車を購入した。それは長期間のため、レンタカーでは採算が合わなかったからである。一台はフォルクスワーゲン・ビートル、もう一台は旅行用のスーツケースが多

く詰めるパサート・ヴァリアントである。

恩師は乗り慣れているようだったが、自分は九月の渡航に向け、八月に免許を取らせてもらったばかりで、運転技術は無いに等しかった。車の運転操作も左ハンドル右シフトで日本とは逆である。

当時、オートマチック車はヨーロッパでは使われていない。ハンドルに気を取られているとミッション操作が危うくなる。もちろん四段ミッション車なのだが、クラッチとのタイミングが合わない。

ヨーロッパではイギリスを除けば右側通行である。クラッチに気を取られていると自然に右側の路肩に寄ってしまうのだ。まずはそれに慣れるまでに苦労したのである。

ボンからライン川に沿ってフランクフルト、ハイデルベルク、さらにミュンヘンへと向かったのだが、アウトバーンは初めてだった。まだ日本でも満足に走れない運転技術であったが、パサート・ヴァリアントは自分が運転するように指示された。

ベルリン大学から戻った留学生は、留学中に運転免許の更新ができず、無免許だという。これには参った。一方通行は、一般道路がアインシュトラーセ、高速道路がアインバーンであるとの知識もなかったが、アウトバーンでは見慣れない標識があり、一〇〇の標識に下線が引いてある。その意味について恩師に尋ねると、

「時速一〇〇キロ以下での走行は違反になる」

そう注意された。日本では速度超過で捕まることはあるが、アウトバーンでは速度が遅いと違反になるのである。これには驚いた。

アウトバーンは片側が三車線あって、日本の高速道路のように乗用車とトラックとが混在しているわけではない。乗用車専用ではあるが、車の性能によって車線が暗黙の内に決まっているようだった。

中央分離帯に近い車線を走行する車に追い越されると、自分の車が止まっている感覚に襲われるのだ。自分も時速一〇〇キロで走っているのである。

「相手は何キロで走っているのだろうか？」

それどころか、都内の仮免許教習では時速四〇キロ走行の経験しかない。時速一〇〇キロの走向事態が初めての経験なのである。

走行中、緊張のために尿意を催してアウトバーンの路肩に止まったのだが、前を走る恩師から、

「命にかかわる行為で危険極まりない」

厳しいお叱りを受けたのだ。日本の高速道路でも路肩に駐車することは許されない。警察に通報されれば違反切符を切られるのは当然である。

一般道路ではない。一般道路でも立小便は許されないことは知っていたが、我慢ができなかったのである。必死になってアウトバーンを走り、無事にハイデルベルグに到着した時は放心状態だった。

ハイデルベルグの夕陽

ハイデルベルクは、ライン川とネッカー川の合流地点に位置する北緯約四九度のバーデンヴュルテンベルク州北西部の都市で、ドイツ最古の大学ルプレヒト・カール大学ハイデルベルク大学、通称ハイデルベルク大学がある。

現在では法学部、医学部、哲学部、社会・経済、地球科学部を始めとする十二の学部から成っていて、世界の大学ランキングでも上位を占めている。

ハイデルベルグ大学は、図書館の伝統的で歴史ある建物に圧倒された。学部はキャンパス内にまとまっているわけではなく、各学部が分散していてハイデルベルグの街自体が大学の敷地内のようであった。

観光地化された広場から望むハイデルベルグ城。ハイデルベルグ城は、13世紀に建てられた城であるが、17世紀にフランス軍に破壊された。その後、一部が修復されて廃城となってはいるものの、当時の美しい景観は保っている。

数日間宿泊したホテルは決して新しいとはいえなかったが、街並みの中にあって歴史的建造物を知るいい機会に恵まれた。夕食に出かけると、旧市街の道路は狭く日本の学生街のような雰囲気であったが、地元のドイツ人客は日本人に親切だった。

第二次世界大戦を戦ったという六〇代の男性から肩を抱かれ、

「また日本と組んでアメリカをやっつけよう」

酔っているとはいえ、第二次世界大戦の敗戦を悔やんでいるようだった。

旧市街からはハイデルベルク城の城跡を見上げることができる。当時、お城の中にはレストランがあって、昼食時にはよく一人でビートルに乗って食べに行った。日本では食べたことがないテレツァ・ナツーワ・スピッツェル（子牛のステーキ）が美味しかったからである。

ただ、お城のレストランに向かう石段の壁には、血しぶきの後が生々しく黒ずんで残っているのには驚いた。ヨーロッパの戦いの歴史を目の当たりにした迫力を感じたのである。

当時のハイデルベルグ城の高台の麓は空き地になっていて、小さなお土産を売る店が一軒出ていた。そこの売店の小母さんとは顔見知りとなり、お城に向かうときには必ず挨拶をしてから登ったことを想い出す。恩師も留学中に、

ハイデルベルクで最も象徴的な城跡の一つであるハイデルベルグ城の高台から望む旧市街。ハイデルベルグ大学は、歴史と伝統のある建物に散在していて、旧市街の散策は昔の面影を感じることができる。

「ハイデルベルグ城の高台から見る夕陽が好きだった」

と話してくれたことがある。夕方になると若者たちがお城の壁にもたれかかり、恋人と夕陽に照らされて愛を語っているのが印象的だった。

定年間近の頃、家族で再度ハイデルベルクを訪れたが、お城の周辺にあった草地には建物が立ち並んでいた。当時を想い出させるのは傾いたお城だけで、今では観光客の数も多く、観光地化されているのが残念に思えた。

しかし、妻はお城の地下にあるお土産物店に興味を示し、喜んでいるようだった。それでも、高台か

ら眺めるネッカー川に架かる橋やハイデルベルク大学、旧市街は当時の面影を残すもので懐かしかった。

ビートルの力学的構造

ミュンヘンに到着したのは日暮れに近い時刻であった。ミュンヘンはバイエルン州最大の都市で、国内ではベルリン、ハンブルグに次ぐ大都市である。

ミュンヘンは歴史的に経済と出版の中心都市である。世界有数の自動車メーカー（ＢＭＷ）の本社があり、シュトゥットガルトやヴォルフスブルグと共に自動車産業を有し、ドイツ南部の経済的中心都市として栄えている。

不思議なことに、ミュンヘン市民は都市の大気濃度に対する関心が高いことで知られ、今でも環境濃度が低く抑えられているのである。また、ドイツ最大規模の南ドイツ新聞や放送局、ランダムハウスなどの世界最大の出版社もある。

ベンツやポルシェの本拠地であるシュトゥットガルトは、周辺山地からの冷気流入による風の道を利用した環境都市であり、風の流れ場を再現したシミュレーションが学会誌で多く引用されている。したがって、当時からドイツを中心に小気候の研究が進んできたことが理解できる。恩師がドイツに留学した理由は、小地域の気候を学ぶためだったのだ。

我が国でも、世界有数の自動車メーカーのある豊田市は、市域の七割が森林であり、周辺山地からの山風（冷気流）を利用した都市大気環境の改善が可能である。

翌日は、ミュンヘン大学（正式にはルートヴィッヒ・マクシミリアン大学ミュンヘン）の地理学教室を訪問したのである。ミュンヘンは標高約五二〇メートルあって、ミュンヘン大学の教授がミュンヘンの街を見下ろせる高台に案内するという。

オレンジ色の新車のビートルだ。二ドア車で後ろの席に乗り込んだが、さほど狭いとは思わなかった。しかし、スタート直後、車が何かに衝突した衝撃に驚いた。慌てて車から降りたのだが、破損した形跡は見当たらない。駐車場脇の車からは見えない低い鉄柱にぶつかったのだ。

教授は笑いながら、ビートルがタンクのように丈夫で安全であることを強調した。確かに日本車であれば破損は免れない。ビートルの車体構造の強さが力学的に証明された瞬間だった。

恩師はドイツ留学中にもビートルに乗っていて、流体力学的にも高速のアウトバーンでは有効であることを説明してくれた。今にして思えば、トヨタのハイブリッド車「プリウス」はCD係数（流体力学的抵抗係数）が低く抑えられている。これは走向時の空気抵抗を少なくして燃料消費量を抑えるためであろう。

ただ、ビートルは空冷エンジンが車体後部にあたるため、高速走行では車体が浮くことがあり、ボンネットには砂袋を詰め込むと安定するとも言っていた。日本では、車体が浮くほどの高速走行は経験がなかったので、手荷物をできるだけ多く詰め込んだのである。

アウトバーンでは、時速一〇〇キロを上回る速度で走っていた。もちろん場所によっては一〇〇キロ以下の走向では違反になるからだ。驚いたのは、速度メーターを振り切り、それ以上のスピードが出ることだった。当時の日本車では考えられないことである。ドイツ車の性能を改めて知ったのである。

ミュンヘンのビアホール

ミュンヘンが札幌、ミルウォーキーと並ぶ三大ビールの産地であることはコマーシャルで知っていたが、これらの産地は小麦生産やビールの醸造に適した気候が共通しているのかも知れない。

緯度は四八度であるから日本の最北端、稚内（北緯四五度三八分）よりも北に位置するが、海抜高度が高く大陸性気候に属するため、九月の平均最高気温は二三度と北海道の札幌（二二度）とほぼ同じである。

したがって、ドイツは基本的に北海道の気候に近く、北海道出身の自分にとって体感的にも違和感はなかった。むしろ親しみを覚えたのである。

日本の最北端で宗谷本線の終着駅にあたる稚内は、北緯45度38分であり、ミュンヘンよりは緯度的にも南に位置しているが、東岸気候で気温較差も大きく、ブドウ栽培には適していない。風が強いために風力発電が盛んで、多くの風車が設置されている。

恩師はミュンヘンの中心部、市庁舎のあるマリエン広場に近い歴史的なビアホールのホフブロイハウスに連れていってくれた。

ミュンヘンは、一九七二年のオリンピックが開催された後でもあり、体操の中山、塚原、笠原や個人総合優勝した監物《けんもつ》が活躍した余韻が残っているような賑わいであったが、ビアホールが広いのに驚いた。

中庭もあり、数人のバイオリンやアコーディオン奏者が曲を奏でている。曲の題名はわからないのだが、テンポのある独特のリズムである。まさに、ビールを飲みたくなるような気分にさせる音楽であった。

黒人の大柄な女性が片手に五個、両手に一〇個の一リットルジョッキを運んでくる（現在は〇・五リットル）。単純に計算してもビールだけで一〇キロだ。ジョッキを含めると倍近い重さであったたであろう。

ミュンヘンのビアホール、ホフブロイハウス内の演奏者。当時に比べて人数も増え、小さな舞台が設けられていた。当時は大柄な黒人ウェートレスが、1リットルの陶器ジョッキを一度に10個も運んできたのだが、今はジョッキもガラス製でその半分の0.5リットルになったようだ。

大柄とはえ、すごい体力と腕力だ。ジョッキも現在のようなガラス製ではなく、陶器のようだった。その迫力にはプロとしての誇りさえ感じたのである。もちろん合席の大きな机には、チョークで飲んだ数だけ書いていく。

ビールのつまみは、ダイコンを輪切りにしただけの単純なものだった。ウェートレスが、

「ダイコン、ダイコン！」

と叫んで配っていた。

ほとんどの客は、大勢で会話を楽しみながらビールを大ジョッキで飲んでいて、チョークの印が五、六本書かれているのが普通だ。一人で五

リットル以上のビールを飲んでいるのだ。水なら飲める量ではない。大きなお腹のドイツ人は、両手にジョッキを持って飲んでいる。

信じられない光景に圧倒されながら、自分もジョッキ一杯を飲んでみた。生のダイコンを食べたことはなかったが、輪切りのダイコンが喉越しに爽やかな刺激を与えてくれて、飲めないビールを飲み干したのである。しかし、後になってそれを全てトイレで吐き出す羽目になったのである。

あれから四〇年後に訪れたホフブロイハウスには、壁一面を飾る彼女の写真が貼られていた。しばらく見入っていたのだが、恩師と共に学生時代に訪れた頃が懐かしかった。店内は昔に比べて広く、内装も机も綺麗になっていた。

楽器奏者も小さなステージの上で弾いていて、その数も数十人規模である。昔とは違う雰囲気のビアホールになっていたが、大勢の客足が途絶えることはなかったのである。

チロルの山並に響くヨーデル

ユーゴスラヴィア（旧）のボラ調査に向かう途中、国際山岳気象学会に参加することが予定されていた。学会が開催されるオーベルストドルフは、オーストリアとの国境に近いドイツ・バイエルン州のドイツ最南端のアルプス山脈の北側にあたる小さな町である。

ミュンヘンからオーベルストドルフへは、アウトバーンから降りて一般道路を南西に向かって走らなければならない。途中で前を歩く牛の群れに出くわした。

一番前の牛の首には大きなカウベルが付いている。あれがボス（先導牛）なのだ。三〇頭以上の牛がゆっくりとした足取りで歩く集団の後ろには、数台の車が追い越すこともなくノロノロと列をなしている。

恩師からの指令で、絶対に追い越してはならないという。昼間は氷河地形のなだらかな斜面の牧草地で草を食み、夕方になるとそれぞれの村の畜舎を目指しているのだろう。人影は見当たらない。

子供の頃、北海道の田舎でも馬橇《ソリ》に酔って寝込んだ飼い主を乗せ、馬が畜舎に帰っていく光景が目に浮かぶ。方向音痴の自分に比べ、家畜動物が賢いことを改めて認識させられたのである。

オーベルストドルフの国際山岳気象学会には、二十数カ国の学者が集まっていたが、学会の会場前に掲げられた数本の国旗に日の丸がはためいているのには感動した。日本人の発表者は恩師だけである。恩師の学会での立場が理解できた。

山岳気象学会が開かれるオーベルストドルフに向かう途中に出くわした牛の群れ。先頭を歩く牛の首には一番大きなカウベルが付けられ、カラン、カランと音を立てながらゆっくりと畜舎に向かって道路を歩いている。その後ろには車の長い列が続き、牛の群れを追いこすことはなかった。

学会発表に使用された言語は主にドイツ語だが、フランス語や英語も含まれているようだった。したがって、国際学会に参加する研究者や学者は、英語のみならずドイツ語、およびフランス語が堪能であることを求められていることが、暗黙の了解のようだった。

事実、三カ国語で学会発表がなされているわけであり、発表内容が理解できない会場が出てくるからだ。恩師はドイツ語での発表だったので、ドイツ語の会場に行き、発表をテープレコーダー（当時）に録音することを試みた。

しかし、レコーダーに組み込んだマイクでは聞き取れず、収録に失敗してしまったのである。発表の多くはスライドや写真を使用していたが、口頭だけで説明している発表もあり、まったく内容を理解できずにいた。

そんなこともあり、数日間続いた学会期間中は、ただ参加しているだけの状態だった。学会をさぼって昼寝を楽しもうと会場を抜け出してホテルに戻ったのだが、シーツを替えるメイドに出て行くよう諭された。

オーベルストドルフは、オーストリアのインスブルックと並ぶウィンタースポーツの盛んな保養地であり、ジャンプ台も配備されている。そこで、ジャンプ台を見に行くことにした。ランディングバーンの上にあるアプローチを見ていると、高い所に登りたくなり、近くにあるリフト乗り場からネーベルホルンの山頂を目指したのだが、トレッキングをしている高齢者から、

「若者が何故歩いて登らないのか、降りて来い！」

と怒鳴っている。言葉はよく理解できないのだが、そのように言っているようだ。

確かに多くの人が歩いて登っているのだ。しかし、そんな時間的余裕はない。その日の学会発表が終わる前には会場に戻らなければ、恩師にサボっていたことがばれてしまうのだ。それ

でも、その日は山頂の空気に触れることができた。

国際学会の発表が終了し、夕方の懇親会のイベントでは、地元のチロルの衣装を着た少年合唱団がヨーデルを歌って聴かせてくれた。その高く美しい歌声が乾燥大気のチロルの山並みに響いていたのに感動したのである。

国際的学者としての資質

国際山岳気象学会の最終日は、ボーデン湖のフィールドトリップ（野外巡検）であった。ボーデン湖は、ドイツ、オーストリア、スイスの国境に位置するレマン湖に次ぐ五三六平方キロの湖で、氷河湖特有の湖畔斜面にはブドウ栽培地域が広がっていた。

このため、ボーデン湖の沿岸地域はワイン生産が盛んで、昼食のレストランではワインの飲めない自分が惨めだった。ワインは高価な飲み物との印象があったが、グラス（コップ）一杯の値段は水やビールと同じである。確かにマーケットでみるとボトルワインも安かった。それだけ身近な飲み物なのである。

オーベルストドルフの国際会議場からボーデン湖への移動にはバス三台が用意されていたが、言語によって振り分けられていた。フランス語、ドイツ語、英語である。恩師とベルリン大学の留学を終えた大学院生はドイツ語のバス、自分は英語のバスである。

バスの中では、ボーデン湖の地形発達史や人文的・自然的歴史過程の学際的な説明がなされた。もし無理をして恩師の乗るドイツ語のバスやフランス語のバスに乗っていたら、まったく理解できなかったであろう。当然のことながら、英語のバスでも苦労したのである。

学際的な説明は、学会主催者の学者が担当していた。そのジョークを交えての話題の豊富さと話術に感動した。日本では、学者・研究者といえば堅苦しい雰囲気が漂っていて、近付きがたい存在である。しかし、国際的な学者は違っていた。

ボンのレストランでドイツ語のメニューが読めない自分に、メニューを盗んでくれた学者の豊かな人間性を思い出した。メニューを盗んだのはジョークで、後で支払っていたのかもしれない。

帰りの車中では、幹事がチロルの帽子を参加者に回し、わずかな寄付を要求した。自分は何故かと思い、帽子に一マルク（当時）を入れたのだが、それはバスの運転手へのチップだったのだ。

国際山岳気象学会は、国際学者としての資質、すなわち高い人間性や語学力が求められることを教えられただけでなく、ヨーロッパの歴史的な常識を学んだ貴重な時間でもあった。恩師が国際的な学者であることを再認識した貴重な体験だった。

若くはない眠りの森の美女

オーストリアのザルツブルグから首都、ウィーンに到着した日は雨だった。毎日が降ったり止んだりの不安定な天候が続いていた。これは、ウィーンが北東アルプスの麓に近いこともあり、山岳気候のような天気の移り変わりが激しい季節を迎えていたからである。したがって、ウィーン大学へのアクセスは車に頼るしかなく、石畳の車道をバタバタと音をたてながら走ると、タイヤからは路面の凹凸をハンドルに感じ、日本車に比較して足回りが硬い理由が理解できなかった。

それは、西ヨーロッパは西岸海洋性気候ではあるが、ウィーンは北緯約四八度で大陸性気候との境界に位置するため、冬季には氷点下となって路面凍結もあり、路面の状態をハンドルで感じながらの走向が安全とされていたからである。

ヨーロッパの旧市街地のほとんどは花崗岩ブロックによる石畳が敷かれている。ブロックの下は砂地になっていて、道路工事の際にはそれを剥がし、工事が終わると再度敷き詰める。したがって、アスファルト道路工事のような廃棄物は出ない。また、透水性であるため、ヒートアイランドを抑制する役目も果たしている。

路面にはブロックの花崗岩が敷き詰めてあるのだが、その土台は砂である。したがって、道路工事での廃棄物は出ないのである。これがアスファルト面の多い新市街地に比較して透水性が確保され、気化熱効果によるヒートアイランドの抑制効果を発揮するのである。

数日間通ったウィーン大学は、ライン川に面する中心市街地にあって地球科学、地理学、天文学部がある。自分には、これから調査するボラの研究論文や著書、資料収集が主な仕事として割り当てられた。

ドイツ語のボラに関する文献収集は困難を極めたが、ウィーン大学地理学教室の助手が手伝ってくれた。自分は助手ではなかったが、ドクトラントということで協力してくれたようだ。同年代ということもあり、毎日教授に仕える身としては心休まる時間だった。

昼間はウィーン大学の図書館で調査に必要な資料を集め、夜はウィーン国立歌劇団のオペラやオペレッタ、またウィーン国立バレー団の「白鳥の湖」や「眠りの森の美女」のバレーを鑑賞したのである。その美しさに感動したが、主役は必ずしも若くはなかった。恩師にその理由を尋ねると、

「主役は厳しい競争を勝ち得た特定のバレーリーナだから」

歴史と伝統のあるウィーン国立歌劇場（オペラ座）。毎日のようにウィーン国立歌劇団のオペラやバレー団のバレーが鑑賞できた。舞台の袖にはウィーン国立歌劇場管弦楽団が取り巻いていて、壮大な演奏が奏でられていた。ウィーンでのオペラはドイツ語で謳われることが多く、舞台の演技から想像するしかなかった。

との返事で、美しいだけの経験の浅い若者では務まらないのだ。舞台の袖を埋め尽くすオーケストラに、ベテラン揃いの奏者が多かったのはそのためだったのである。

バイオリンやチェロなどの弦楽器の音色は、湿潤気候の我が国に比べ、ヨーロッパの乾燥気候に合っているように感じた。音の周波と湿度とは密接な関係があって、乾燥大気では高い音、湿潤大気では低い音がよく響くことは高校の物理で習っていた。やはり本場で聴くオーケストラの音色は迫力を感じるものだった。

日本でも春季や秋季は大陸からの乾燥大気に

包まれることが多く、日本のコンサートが秋に多く開催されるのはこのためかと思えた。したがって、日本でも梅雨時は演歌、移動性高気圧に覆われた季節にはクラッシック音楽が向いているのだ。

大いなる勘違いの明暗

オーストリアのウィーンから旧ユーゴスラヴィアの都市（現在のスロヴェニア）、リュブリヤーナまでは約三五〇キロである。途中、オーストリアの国境付近で後続車のビートルが見えなくなった。前を走る車はパサート・ヴァリアントで数人が乗っていたが、運悪く後続車のビートルには独りの隊員しか乗っていなかった。

二台の車は、長距離のために交替で運転するのだが、自分は先導車の後部座席に乗っていて気付き、慌てて恩師に伝えたのである。しかし、恩師は無言でそのまま車を走らせたのである。

自分はその理由が理解できなかったが、これも厳しい指導の一環かと不安になった。

「外国で道に迷ったらどうしよう」

ましてや独りである。自分の乗った先導車は、その日の夕方にはリュブリヤーナに到着したのだが、後続車は来なかった。

ビートルがリュブリヤーナの宿泊しているホテルに到着したのは、翌日の夕食時であった。逸れたのは、隊員がビートルに乗っているのにもかかわらず、同じ色のビートルを追いかけてしまったようである。

オーストリアからユーゴスラヴィアまで独りで運転してきたのだ。かなり疲れ果てているようだったが、それでも道にも迷わずに辿り着いたことに驚いた。恩師は笑いながら

「着いたか」

それだけだった。呆気に取られて聞いていたが、心を引き締めていないと自分もヨーロッパで路頭に迷ってしまうかも知れない。現実の厳しさを垣間見た瞬間だった。

リュブリヤーナは、当時スロヴェニア最大の都市であり、現在はスロヴェニアの首都である。一九七〇年に世界体操選手権が行われ、加藤、監物、中山らが団体、および個人で優勝した。その二年後のミュンヘン・オリンピックでは笠松が男子団体で金、平行棒で銀、床と鉄棒で銅メダルを取っている。

オペレッタを鑑賞した時のことである。その日の夜はたまたま自分だけだった。オペレッタはオペラよりも格が低いとされていて、少しユーモアも交えた歌詞が観客を笑わせている。し

たがって、雰囲気もオペラほど畏まってはいない。

突然、若い女性が近寄ってきた。コンサート劇場のある旧市街地と新市街地の間にはリュブリヤーナ川が流れていて、コンサートの後に川べりを散歩しようと言うのである。

あまりにも美しい女性からの誘いに戸惑っていると、また別の女性がやって来る。次々と近付いてくる女性のなかには身体に触れようとする人もいた。何事かと思ったが、トイレで少年から体操の選手と間違われ、ようやく飲み込めたのである。

「体操の選手と勘違いしたのか？」

女性たちには体操の選手ではないと告げたのだが、それでもしつこく追い回されたのである。

この歳になって想い起こせば、勘違いとはいえ夢のようなことだった。数日後にリュブリヤーナを離れることになったのだが、何故か心残りであった。

権威あるザグレブ大学

リュブリヤーナに滞在中、恩師はザグレブ大学の地理学教室に用事があって、リュブリヤーナから迎えに来るよう指示された。リュブリヤーナからザグレブ（現在のクロアチアの首都）までは約一〇〇キロである。

ザグレブは、中央ヨーロッパとアドリア海を結ぶ交通の要衝であり、現在はクロアチアの首都として中央政府や省庁のほとんどが拠点としている都市である。ザグレブ大学は道路が碁盤の目状になっている新市街地にあって、中世の街並みが残る旧市街よりも探すのには困難を極めた。

それは、リュブリヤーナに向かう時にザグレブの市街地図を持ち忘れたからだ。新市街地の碁盤状の街並みは交差点が同じに見え、ザグレブ大学にたどり着くまでに時間を要し、約束の時間には間に合わなかった。

恩師からは迎えの時間に遅れたことを厳しく言われたが、市街地図を持参しなかった自分の責任である。それからは、どこに向かう時にも地図を持参することが大切であることを知らされたのである。

それでも地理学教室にたどり着けたのは、歯科衛生短期大学の二人の女子学生が一緒に探してくれたからである。女子学生が

「ここに地理学教室はありますか？」

とザグレブ大学の学生に尋ねた時だった。ザグレブ大学の学生が女子学生の所属大学を聞いた

途端、

「気安く話しかけるな」

それが答えだった。驚いた。

「そんなに権威のある大学なのか？」

ザグレブ大学は創立三〇〇年以上の歴史があり、当時は旧ユーゴスラヴィアのスロヴェニアを代表するリュブリャーナ大学、およびセルビアのベオグラード大学と並ぶ歴史と伝統のある大学で、クロアチアでは最古の大学だ。

ザグレブ大学は第二次世界大戦時代にはクロアチア大学としても知られ、一八六〇年以降には他大学と吸収合併し、一九二〇年にはすでに神学部、法学部、医学部、哲学部などの七学部が存在していた。

それでも、自分の恩師が地理学教室で待っていることを伝えると、学生の態度は一変し、親切にその旨を連絡してくれたのである。それは、一八八三年から地理学が哲学部に含まれていたためで、歴史ある大学の中でも伝統のある教室だったからであろう。

案内してくれた歯科衛生短期大学の女子学生には、申し訳ない気持ちで謝ったのだが、このようなことには慣れているようだった。そのことに驚いたのである。

それは、ザグレブ大学が南東ヨーロッパ全域、および中央ヨーロッパの中でも古く、最大規模を誇る大学であることを学生が自負しているからであり、まさに、エリートの集団なのだ。その他の大学からは差別化が当然と考えられていたのかも知れない。

確かに、日本でも旧制七帝国大学が今でも重んじられ、私立大学であったが故に、就職先で「駄馬」と罵られてきたことを想い起こせば、驚くべきことではなかったのかも知れない。当時、工業高校出身の自分は、大学差別化の状況を十分に把握していなかったのは事実である。

セルビアのベオグラード大学に向かったのはそれから間もなくしてからである。当時、第二次世界大戦後はチトー大統領によって旧ユーゴスラヴィアは統一されていたのだが、スロヴェニアからクロアチア、モンテネグロ、さらにセルビアに移動する過程において気付いたのは人種の違いである。

当時は、民族、宗教、言語、文字の多様化による多民族国家であったのだ。その後、一九九〇年代に入ってからチトーの掲げる共産主義が崩壊し、民主化運動の内戦によってクロアチア、ボスニア・ヘルツェゴヴィナ、コソボ、マケドニア紛争が勃発して国家分裂を余儀なくされたのも理解できる。

むしろ、統一国家として治安を維持してきたチトー大統領の偉大さを再認識したのである。

ボラが吹くアイドフシチーナ盆地

文部省（現在の文部科学省）の海外学術調査は、ある程度の実績がなければ執行されないのが常である。したがって、恩師のこれまで蓄積してきた学術的な研究成果なくして実行されることはない。

したがって、よほど学会での活動が認められる学者でなければ選ばれることはないのだが、恩師は、この調査の以前に資料による解析を含め、アドリア海岸を訪れてボラ調査の重要性を確認していた。

リュブリヤーナからスロヴェニアのアイドフシチーナに向かったのは、局地風「ボラ」が吹き始める初冬だった。スロヴェニアの西に位置するアイドフシチーナは、リュブリヤーナから約五〇キロ、イタリアのトリエステからは約三〇キロに位置している。

盆地底部にはヴィパバ川が流れ、海抜高度は、盆地底部が一〇〇メートル、北西から南東にかけての山並みは八〇〇メートル前後であり、東西約五平方キロの小規模盆地である。

アイドフシチーナ盆地は、トリエステ、アドリア海のセーニ、カルロバークに並ぶボラの強風地域であり、恩師がボラの調査隊結成の以前から選定していたフィールドである。

ボラとは、寒候季にクロアチアのアドリア海岸付近で吹く北東の強く冷たい局地風のことである。ボラが吹く気圧配置には高気圧性と低気圧性の二種類があって、アイドフシチーナでボラの最大風速が観測されるのは朝の時間帯が多く、風速三〇メートルにも達することがあるという。

アイドフシチーナ盆地。スロヴェニアのリュブリヤーナからは約50キロに位置し、イタリアのトリエステ、アドリア海のセーニ、カルロバークに並ぶボラの強風地域である。周辺は山地に囲まれ、盆地底部にはヴィパバ川が流れる東西約4キロの小さな盆地である。中央の孤立した樹木は、ボラによって偏形していることがわかる。

アイドフシチーナ盆地におけるボラの強風域は、偏形樹によっても探ることは可能であるが、家屋の屋根瓦の上に石が置かれていて、その石の大きさや密度でも風の強さが理解できた。

それは、石が屋根全体に等密度に置かれているわけではなく、地元住民の経験法則によるボラの風向や建物による風の収束域、いわゆる剥離流も計算に入れてのものだった。

その結果、アイドフシチーナ盆地の強風域は、石置屋根のグレード調査、および偏形樹による調査結果と一致するものだった。さらに、ボラが吹いた日の風向・風速の移動観測結果とほぼ同じなのには驚いた。

我が国でも、石垣島の家屋が台風襲来に備えて石垣に取り囲まれている。石置き屋根は、家屋を強風から守るためのものなのである。それだけボラは、地域の生活に密着した風なのである。

ボラに対しての知識をほとんど持たない自分が、このような海外学術調査隊に参加できたのは、まさに奇跡としか言いようのないことであった。当時を想い起こせば、調査隊に参加させてくれた恩師の思いを十分に理解しているとはいえなかったのが残念でならない。

ナノスは山の名

アイドフシチーナでの調査は、移動観測のみならず器械による定点観測を実施した。定点観測の場所は、偏形樹や石置き屋根から推定したボラの強風地域である。

観測参加した地元の気象台長は、ロシアのプーチン大統領と同じように、日本の柔道を習っていたことを自慢げに話してくれた。これはホラではないようだった。講道館柔道が世界的に認められたものであることを改めて知った。

当然のことながら日本語が話せないのだが、英語は話せたようだった。調査隊は、旧ユーゴスラヴィアに国籍を持つ日系二世の通訳を伴っていたため、仕事での支障はなかったのだが、気象台長が我々の会話を聞いて日本語を必死に覚えようとする気構えに感動した。

日頃から、我々の会話に「つく」という言葉が多用されていることに興味を示し、「つける」「ついた」の意味を想像していたようだった。

アイドフシチーナ盆地の街外れに観測機器を運び、太田計器の野外用自記温度計や牧野応用測器が開発した光電式風向風速計の設置を終了して動力源のバッテリーを繋いだ時だった。自分たちより先に、

「ついた、ついた!」

と叫んだのだ。それには驚いた。それに比べ、自分はスロヴェニア語をまったく覚える努力はしていなかった。

ただ、観測器械を設置した場所は、小学生の通学路にあたるため、下校時間になると数時間毎に見回りをしなければならなかった。これは、風速計が赤い風杯だったために遠くからでも目立ち、興味を持った下校途中の小学生が集まってくることと、石を投げつける児童もいて目が離せなかったからである。

アイドフシチーナ盆地に設置した光電式風向風速計（向かって左）と野外用自記温度計（右）。ここを拠点にしてボラの実態調査を開始した。風速計は牧野応用測器が開発した赤の三杯式だったので、遠くからでも発見できたため、イタズラや持ち去られないように毎日の見回りが必要だった。

自分に与えられた仕事は、定点観測地点の見回りと偏形樹の調査だった。クリノメーターで偏形した樹木の風向と曲がり具合（偏形度）を読み取るのだが、樹種がわからない。

近くの農作業をしている女性に「オノ　イメ」（あの名前は？）と指を指したのだが、「ナノス」と教えられた。そうか、ナノスという名の樹木かと喜んでメモをした。

宿泊していたホテルに戻り、ナノスの偏形樹から読み取った風の方向や強さを満面の笑みで恩師に報告したのだが、

「それは山の名だよ」

指をさした方向にはナノスと称する山があったのだ。「ガックリ」である。そんな調査が数週間続いたのである。

行き過ぎた地元の人々との交流

定点観測地点の近くにはカフェがあって、いつも地元の若い女性で賑わっていた。調査の合間に店に入ると、日本人など見たこともなかったのであろう。話しかけられることが多かった。しかし、スロヴェニア語はまったく話せない。自分もそうだが、彼女たちも英語が堪能ではなかった。そこで意思疎通を図るためか、挨拶や数字を教えてくれたのだが、努力しても発音ができない単語が多かった。

いわゆる「ジ」と「ズィ」の違いを区別できず、何度発音しても無理だった。反対に自分の名前を「ミチオ」と発音できず「ミショ」である。それが何に起因しているのかはわからないが、言語の歴史過程に委ねるしかないと思った。

スロヴェニア語はクロアチア語と同じインド、ヨーロッパ語族南スラヴ語系の言語であるが、スロヴェニア共和国とその周辺で話される言語で、ドブロ・ユートロ（おはよう）やドバル・ダン（こんにちは）、ドブロ・ベーチェ（こんばんは）、およびナスビダニア（またね）の発音ではクロアチア語との大きな違いは感じなかった。

日中は偏形樹調査と定点観測機器の点検であるが、夕食後は自由時間だった。アイドフシチーナに一軒しかないホテルのレストランは多くの客で賑わっていた。

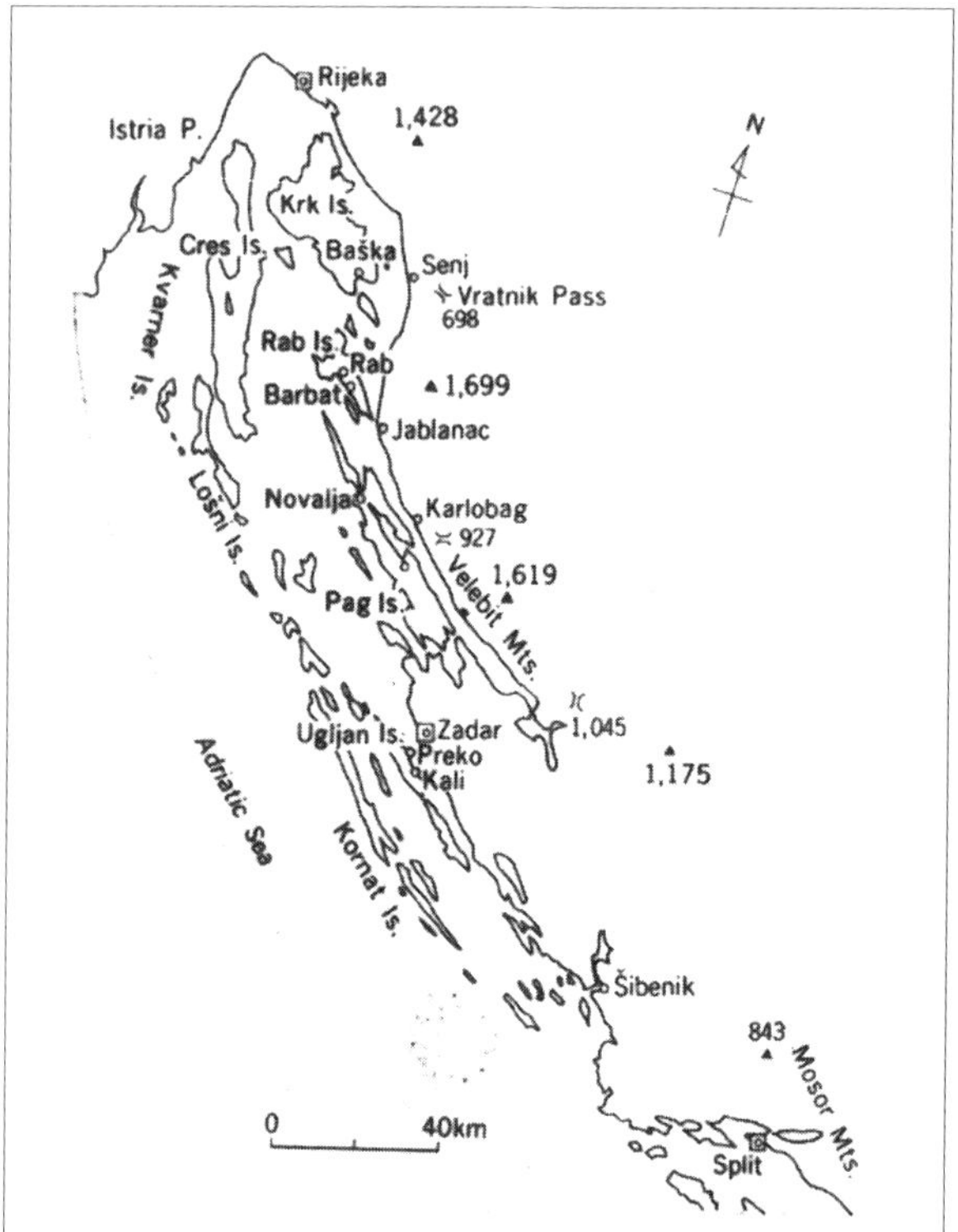

Fig. 1. Study region of the Adriatic Coast.

スロヴェニアの内陸部にあるアイドフシチーナ盆地からクロアチアのスピリットまでは約400キロで、途中にはボラが強く吹くセーニやカルロバークがある。アドリア海の海岸線は直線ではなく、特にザダールやシーベニクは複雑な海岸地形をなしている（LOKAL WIND BORAより引用）。

突然、奥の席に座っていた中年の女性が駆け寄り、顔一面にキスをされたことがある。若い日本人男性を見たのは初めてだったのだ。ここでは自分が外国人であることを思い知らされた。

食事が終わる頃には、いつもカフェで知りあった数人の若い地元の女性が待っていて、イタリアのゴリツァに踊りに行こうというのである。アイドフシチーナから国境近くのノヴァゴリツァまでは約三〇キロ、国境を越えるとゴリツアである。

当時、チトー大統領が統治していた時代は共産圏だったため、イタリアに行くことで自由が得られるようだった。

地元の若い女性たちと出かけたゴリツァのバーでは、ジプシーの踊り子によるショーなどもあって、帰りは深夜になることも多かった。ワインを差し出され、酒酔い運転でアイドフシチーナに戻ってはきたものの、ホテルに入れずに車の中で夜を明かしたこともある。

そんな不謹慎な夜を重ねているうちに睡眠不足となり、調査隊としての仕事や日々の調査にも支障をきたすようになってきた。

そんな毎日のなかで突然、恩師を含む数人の教授と通訳者をスプリットまで送るよう指示された。ベオグラードで重要な用事があるようだった。

ボラで心も折れ曲がる

スプリットは、アドリア海に面するディナールアルプス山脈の麓にあたる半島に位置し、古代都市の佇まいを残す歴史遺産の街である。一九七九年にはユネスコ世界遺産に登録されている。

スプリットは、ザグレブやドゥブロブニクに向かうダルマチア地方の広域交通の結節点であり、クロアチア鉄道の拠点でもある。したがって、現在のボスニア・ヘルツェゴヴィナのサラエボ経由で、ベオグラードまで列車で行くことができるからだ。

アイドフシチーナからスプリットまでは四〇〇キロ以上の距離があり、途中は偏形樹の調査を実施しながらの旅であったが、ボラの強風地域であるセーニでは吹きだし口にあたるブラトニック峠に立ち寄った。

ブラトニック峠は、アドリア海岸のセーニから東に約七キロにあって、海抜高度は約七〇〇メートルである。峠の周辺は草木などの植生は見当たらない。まるで、アメリカの西部劇に出てくるアパッチ砦のようにも思えたのである。

セーニからアドリア海岸線沿いを約六〇キロ南下して、恩師が以前に宿泊したことのあるカルロバーグの小さなホテルにたどり着いたのはその日の夕方だった。

カルロバークは、アドリア海岸のセーニと並ぶボラの強風地域で、建物の風対策や街を歩く人々も吹き飛ばされないような注意が必要なほどだった。

調査に参加した当時のアドリア海岸セーニのブラトニック峠。アドリア海に面するセーニは、背後のディナールアルプスから吹き下りる冷たい北東のボラ吹走地域である。ブラトニック峠は、その吹き出し口にあたるため、風陰を除くと植生はほとんど見られない。

ボラが吹き荒れるホテルでは、日系二世の通訳との相部屋だったのだが、今回の旅行には訳があったことを知らされた。

「アイドフシチーナでの愚かな行動を戒めるため」

そのことを伝えられたのである。その瞬間は、まさにボラの吹き荒れるアドリア海岸に独り立たされている心境だった。

自分は現地の若者とのコミュニケーションを高めることが大切と始めたことではあったが、己の目的を踏み外していたのである。恩師がそれを見逃すはずはない。いわゆる羽田から初めて搭乗し

アドリア海に面するカルロバークの偏形樹。強いボラの北東風の影響で幹全体がアドリア海の方向に傾き、風上側の枝は折れ曲がって風下側になびいている。恩師によるアドリア海岸の偏形樹のグレードでは、4に相当する曲がり方である。(最高は6)

た機内と同じで、己の愚かな行動を戒めることができない心の弱さを、またしても露呈してしまったのである。

途中、スプリットまでのアドリア海に面する海岸沿の谷の出口には、コンクリートの風壁が設けられていた。まるで日本の砂防ダムのようである。これは、北西から南東方向に走るブェレブィット山脈の峠から吹き下りるボラに、車がハンドルを取られてアドリア海に落ちないための暴風壁だったのだ。

したがって、海岸沿いの偏形樹は、北東からの強風によってジャックナイフのように曲がっていて、その偏形の度合いからボラがいかに強い風であるかを知ることができた。暴風壁が設けられている谷の出口付近は、偏形樹の曲がり方が特に激しかった。

アドリア海岸の偏形樹は、北東から南西に向けて曲がっている。日本列島の太平洋側に吹く

「おろし」は、北西の風が一般的であるが、いわゆる「ボラ」は北東風なのだ。このため、アドリア海の偏形樹は海に向かって曲がっている。

日本の海岸部に多く見られるクロマツの偏形樹は、海岸部から内陸に向かっているのが普通である。これは海風によって運ばれてくる海塩粒子による生育障害で偏形しているからである。

スプリットに到着したのは夕方だった。翌朝は同室だった恩師に別れを告げ、一人でスロヴェニアのアイドフシチーナを目指したのだが、これから四〇〇キロ以上も一人で旅するのかと思うと、不安と心細さで武者震いをするほどであった。

しかし、これは毎晩のようにアイドフシチーナからイタリアのゴリツァまで地元の女性たちと遊びに行った罰なのだ。

アドリア海岸独り旅

海岸沿いとはいうものの、シーベニクやザダールでは海岸線が複雑で、道案内の標識が出るたびに不安になって地元の人に道を聞いたのだが、年齢層によって通じる言葉が違っていた。

当時のカルロバークの峠から望むアドリア海。風陰の部分には僅かな植生が残っているものの、ボラの吹く斜面では皆無に等しい。小さな丘の窪みには民家があって、周辺には石垣が積まれている。強い風を凌いでわずかな作物を植えているのだ。

高齢者はドイツ語、若者は英語が少し通じたが、中間年齢層はクロアチア語でしか言葉が通じない。高齢者がドイツ語を話せるのには驚いたが、戦争による支配された国の歴史が反映しているものであることは知らなかった。

帰りは宿泊も許されていたが、そんな気持ちの余裕はなかった。早くアイドフシチーナに戻りたかったのである。まるで故郷に向かうかのような気分だった。アドリア海岸をひた走り、前の晩に宿泊したカルロバークに着いた時は何故か気持ちが楽になった。

カルロバークは、アドリア海に浮かぶパグ島の対岸にあたり、セーニと並ぶボラの強風地域である。この強風地域の特徴は、ボラが吹きだす峠があることである。峠からパグ島を望むと、対岸の島の風上側にあたる斜面は石灰岩がむき出しになっていて、樹木のみならず草木も生えていないのである。

これは、ボラの強い風によって風上側の土壌が吹き飛ばされたからである。このため、植物がまったく育たないのである。アドリア海岸を走る孤独な自分にとって、島々の岩肌が侘びしさを代弁しているかのようで空しかった。

時折、パトカーとすれ違うのだが、制限速度（時速七〇キロ）を超え八〇キロ以上で走っていた。しかし、制限速度には理由があった。アドリア海岸沿いの道はカーブが多く、速度を守らないと危険なのだ。

ましてや強いボラの吹き出し口では急カーブが多く、あやうくアドリア海に転落しそうになったのである。ユーゴスラヴィアは右車線走行だったので、反対側の左車線に飛び出したもののアドリア海に落ちることはなかった。

難は逃れたものの、危機一髪だった。それからは制限速度で走ることにした。事故を起こしても一人切りである。誰も助けにきてはもらえないことを自覚せざるを得なかったからだ。

寂しさを紛らわせるため、日本から持参した携帯のカセットテープレコーダーで演歌を聴いたのだが、何故か心に響かない。演歌は内山田洋とクールファイブの「長崎は今日も雨だった」であった。当時日本では大流行していた歌謡曲である。

「アドリア海岸で演歌は似合わないのだろうか？」

これは温暖湿潤地域の歌だ。やはり、乾燥気候で聴く曲ではないと思えた。

セーニから望むアドリア海に浮かぶクルク島。真っ青な海とは対照的なクルク島のボラの風上側にあたる斜面は、石灰岩が剥き出しになり、真っ白な島に見える。青く澄んだアドリア海は、海底の石がまるでエメラルドのように輝いていた。

セーニの青いエメラルドの海

カルロバークからアドリア海岸に沿う国道八号線を北上し、ヤブラナッツを過ぎたあたりから対岸にラブ島が見えてきた。そこからさらに約三〇キロ走ったセーニの海岸付近で運転に疲れを覚えて停車した。

セーニは北緯約四五度にあって、カルロバークと並ぶボラの強風地域であるが、セーニを通過したのはこれで二度目である。一度はスプリットに向かう途中で、ブラトニック峠が眺望できる高さまで登ったことがある場所だ。

しかし、今回は晴れて風が吹いていなかった。対岸にはクルク島が見える。海面は太陽からの光が反射し、キラキラと輝いていた。海底を眺めると、浅くはない海底の石が浮き上がって見える。まるでエメラルドのようだ。まさに感動である。

アドリア海がヨーロッパの海水浴場といわれるだけのことはある。透明度が高く、日本の海水浴場とは比べ物にならないほど海水が澄んでいる。思わず海水に手を浸し、顔を洗ってみた。しょっぱかった。このときだけは独り旅であることを嬉しく思ったのである。

セーニからクルクベニツァを通り、リエカの先で国道六号を北上し、鍾乳洞で世界的に有名なポストイナから国道四号を北西に約四〇キロ走り抜けた。アイドフシチーナにたどり着いたのは、その日の夜遅くになってからだった。

一度も迷わず、一泊もせずに走りきったのだ。当然のことながら、カーナビはまだ開発されてはいない。独りで走りながら地名を確認するのは無理である。

そこで、行く先々の地名を順番に紙に書いてダッシュボードに張り付けながらの帰途だった。いわゆるこれが戒めだったのだ。

アイドフシチーナのホテルに着いた時は、まるで住み慣れた我が家に帰ってきた心境だった。しかし、翌日に行ったカフェに知り合いの彼女はいなかった。それには驚いたが、共産主義国では職場を固定することはなく、順番に替わることを後から知らされた。

濃過ぎた夜霧の忍びあい

アイドフシチーナに戻ってから、彼女が別のカフェで働いていることを知った。それは、ドイツでの出稼ぎを終えて帰ってきた彼女の彼が教えてくれたからである。

今ではヨーロッパの多くの通貨がユーロに統一されているが、当時のユーゴスラヴィアの通貨であるディナールは、ドイツのマルクやイギリスのポンド、またフランスのフランに比較すると貨幣価値が低かった。

したがって、生産力を持たないアドリア海岸沿いの人々は、出稼ぎによる収入に頼っていたのである。出稼ぎから戻った彼は、彼女の態度が急変したのに驚き、噂で聞いたホテルに自分を訪ねてきたのである。

「出稼ぎに行く前までは優しかった……」

その原因が日本からきた自分にあると思い込んでいるようだった。

それは思いもかけないことだった。自分は個人的ではなく、複数の女性たちと行動を共にしていたからだった。

しかし、同年代であることや、自分がドイツを経由してアイドフシチーナに来たこともあり、彼のドイツでの出稼ぎの様子などを話すうちに打ち解け、お互いに友達のようになったのである。

リュブリヤーナに戻る前の晩、彼女は記念写真を撮りたいと言ってきた。そういえば、イタリアのゴリツァに毎晩のように遊びに行ってはいたが、夜だったこともあり写真を撮ってはいなかった。自分でも記念に一枚と思い、夕食後に待ち合わせたのだが、霧が濃くてホテルの近くでは無理だった。

ホテルのラウンジでの撮影では、他の調査隊員に気付かれてしまう。やむを得ず車で出かけたのだが、ますます霧は濃くなるばかりだった。

走行中は車のライトが霧に反射して見えないのだ。前を走る車のテールランプもまったく見えない。後続の車も状況は同じはずである。霧の濃さは日本の比ではなかった。

「輸入車のテールにフォグランプが付いているのはこのためか?」

路肩に停車して霧が晴れるのを待ったのだが、その時だった。

「どうかしましたか?」

窓越しに声を掛けられた。

「警察官だ、ヤバイ!」

三重県の伊賀上野では、秋季から冬季にかけて盆地霧が発生する。盆地霧は、周辺山地からの冷気流が飽和状態に達して発生する放射霧であるが、盆地底部を流れる河川が暖かく湿った空気を送り込むため、盆地底部から湧き上がるように霧が発生する。

しかし、彼女は知っている人のようだった。停車の理由を説明しているようだったが、警察官が微笑んで去っていった。

「私の兄」

これには驚いた。彼女の兄は警察官だったのだ。

アイドフシチーナは盆地である。リュブリヤーナから盆地に向かう峠には、盆地が見渡せる一八〇度に曲がるカーブがあって、地形的に窪んでいることがよく解る。

我が国でも、岐阜県の高山盆地や三重県の伊賀上野盆地では、夜明けと共に霧が立ち込め、冷気湖が形成されることが多い。いわゆる放射霧である。

放射霧は盆地底ほど霧が濃いのである。路肩から走行車線に出ようとしてもまったく前が見えない。当然ではあるが対向車線からの車など確認できるわけもなく、身動きが取れなくなってしまった。警察官の兄は、

「妹を宜しく、自宅まで送ってください」

と言っていた。彼女の自宅は盆地底を流れる川沿いにあって、さらに霧が濃くなっていた。放射霧に川霧が加わったのである。

まったく前は見えなかったのだが、ドアを開けると足元の左側にあるセンターラインが確認できた。ユーゴスラヴィアは当然のことながら右側通行で左ハンドルである。

左手でドアを半分開け、右手でハンドルの操作をしながらノロノロと走って彼女の自宅に辿り着いたのである。その後、無事にホテルに戻ることができたのは、まさに奇跡であったが、「夜霧の忍びあい」もまさに命がけであった。

夜道の無灯火

出発の朝になって、許可されることはないとの思いもあったが、

「撮り残した写真があるのでアイドフシチーナに残りたい」

そう恩師に申し出た。しかし、何故かそのわがままを許可してくれたのである。

調査隊がリュブリヤーナに向けて出発した後、彼女の意向で毎晩出掛けたスロヴェニア国境

にあるノヴァゴリツァ（ゴリツァはイタリア、ノヴァゴリツアはスロヴェニア側）に行ってみたのだが、夜とはまったく違う景色に驚いた。

道は狭く奥深い山林の山道だった。これまで、事故も起こさずに通うことができたことが不思議なくらいであった。夜はライトに照らされた道路しか見えなかったため、いかに危険な山道であったか解らなかったのである。知っていたらそんな無謀なことはできなかったであろう。

「事故でも起こしていたら」

そう思うと身体の震えを覚えたのである。

いかに自分が危険なことをしてきたかを認識した瞬間だった。それでも恩師は黙っていてくれたのだ。これは、後で知ったことだが、ホテルの駐車場に止まっている車の位置が、夕方と朝では違うことは知っていたようだ。

夕方になり、自分もリュブリヤーナに戻らなくてはならない時間になった。彼女と別れて車で走り出した時にはまだ明るかった。しかし、日没が早い季節である。すぐに暗くなってきた。ライトをつけたのだが前が見えない。慌てて車を止め、確認したのだがライトは両方とも消えていた。接触不良かとも思ったが、暗くて修理できる明るさではない。ますます暗くなってきた。昨晩の「夜霧の忍び合い」から一転して「夜道の無灯化」になったのだ。

「どうしよう！　これでは走れない」

アイドフシチーナからリュブリヤーナまでは五〇キロ近くある。真っ暗な街灯もない峠道を走るのは危険である。

以前、オーストリアからスロヴェニアのリュブリヤーナまで独りで追ってきた隊員の気持もさることながら、暗い夜道を無灯火で走る心細さは計り知れなかった。この時間帯になると修理工場は閉まっている。

しばらく路肩に止めた車内で考えていたが、その時だった。大型トラックが通り過ぎたのだ。

「よし、この後ろをついていこう」

そう決めて後を追った。トラックのテールランプを追いながら五〇キロを走り切り、リュブリヤーナに到着したのは夜九時を過ぎていた。

リュブリヤーナの市街地は街灯もあって明るかったため、インターナショナルホテルと大きくネオンサインで書かれたホテルにたどり着くのは簡単だった。ただ、無灯火での走行が警官やパトロールカーに見つかることがなかったのは、運が良かったとしか言いようがない。

翌朝になり、車のライトが点灯しないことを恩師に告げると、何事もなかったかのように修理してくることを命じられたのである。無灯火で帰ってきたことは承知しているはずだ。全て自己責任として処理しなければならないことを改めて感じたのである。

爆弾所持の疑い

調査隊が解散したのはボンだった。ボンでこれまで乗り慣れたビートルとバリアントとの別れは辛かった。これからは独り旅である。それぞれの隊員が別の目的地に散っていったが、自分はイギリスのロンドンに向かった。

その日の夜、緊張が解れたのか高熱を出し体調を崩してしまった。ホテルで朝食は出るのだが、レストランのウェートレスの差別扱いが酷かった。返事もしてくれない。しかし、黒人系の人も同じ扱いだった。黄色人種は白人ではない。その現実を目の当たりにしたのである。

ロンドンからはフランスのパリに向かおうとしたのだが、霧のために搭乗機はキャンセルになった。もともとロンドンは冬の季節になると「霧の都」と言われるほどで、欠航は珍しいことではないようであった。そのためか、代替飛行機は用意されていなかった。

荷物が戻され、途方に暮れていると、若い女性が電車で一緒に行くことを勧めてくれた。心細かったので、

「どこの国の方ですか?」

感謝の意を込めて聞いたのだが、その女性は国名を明かさなかった。住んでいるのはパリだという。フランス人とは違うと思ったが、フランス在住だと言い張るのである。

本人の口からイタリア人とは言いたくなかったようだ。当時はヨーロッパの人々が白人とはいえ、国によって差別されている現実を知ったのである。それ故、黄色人種の日本人が有色人種としての扱いをされても止むを得ないと思えたのである。

結局、ロンドンからはゴールデンアロー号の特急列車に乗り、ドーバー海峡を船で渡ってパリに向かうことになった。パリは「花の都」いわれるだけあって、凱旋門やシャンゼリゼ通りは人通りも多く、夜になっても明るかった。

帰路に就く旅の荷物は、スーツケースとショルダーバッグに加え、手荷物には移動観測に使用したサーミスター温度計を持っていた。当時、電気温度計は高価な精密観測機器で、他の機器と同様に船便で送ることはできなかったからである。

しかし、何故かコードの付いた感温部は持たされていなかった。温度計のメモリが刻んである本体のみである。温度計は木枠に嵌められていたのだが、それがとんでもない疑いを懸けられるとは思いもよらなかった。

イタリアのローマから羽田に向かったのだが、何故かレバノンのベイルートで緊急着陸させられた。レバノンは、今でも自動車や自爆による爆弾テロが相次いでいる国である。緊急着陸

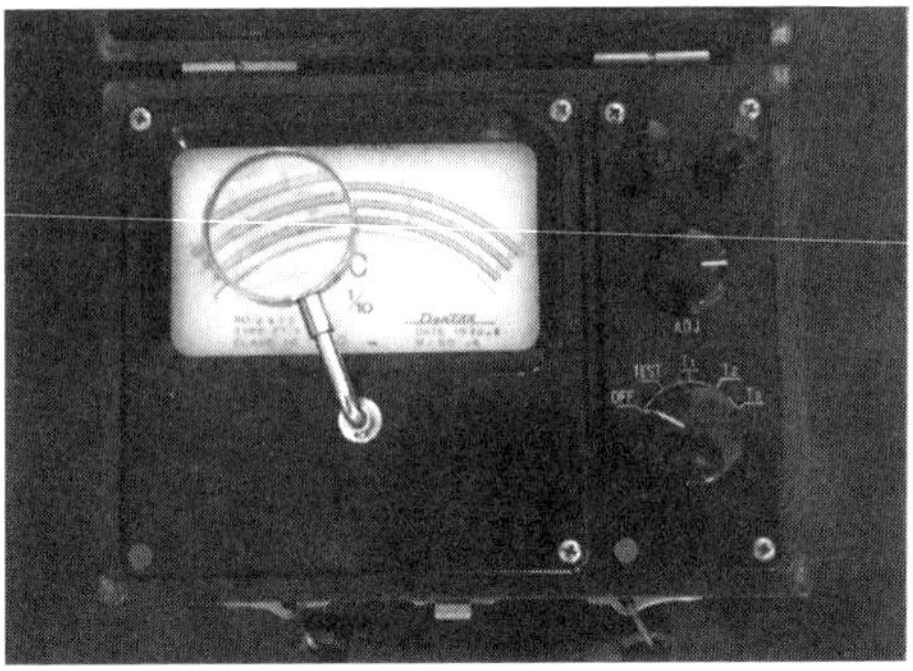

ベイルートの空港で爆弾と間違われたサーミスター温度計の本体。アナログの目盛がついていて感温部のセンサーは持っていなかった。本体は木箱に入っているため、いかにも爆弾を思わせる外観である。これを航空機が３機爆破された後に手荷物として持っていた。

の理由は、ベイルートの空港で航空機が三機爆破されたからであった。

入国検査では不吉な予感がした。検査官が、

「これは何だ？」

電気温度計であることを説明したのだが、アナログの目盛が不審に思えたのか理解してもらえなかった。サーミスター温度計の本体が爆弾と間違われたのだ。

その押し問答を繰り返していると、一人の係官が

「それでは温度を測ってみろ」

それは無理だった。センサーの感温部がないのである。空港警察官に取り囲まれ、逮捕するという。これには参った。つくづく温度計を持たされた自分の立場を嘆いたのである。

飛行機はアメリカの航空会社の便だった。乗客の中に航空会社の日本人職員がいて、流暢な英語で爆弾に似た木箱の中身について説明してくれたのである。検査官からパスポートを見せるよう告げられた。

航空会社の職員は、パスポートが日本国・文部省発行であることを確認し、自分が文部省派遣の研究者であること説明してくれたのである。おかげで収監は免れたのであるが、文部省発行のパスポートがなければ、

「レバノンだ、死刑になっていたかも知れない」

そうと思うと、今でも寒気《さむけ》がするのである。

疑いが晴れたからと言う訳ではないが、その日に航空会社が用意したホテルは、三部屋にトイレとバスが二つある想像を絶する豪華な部屋だった。しかし、それ以来、自分が中東経由の路線を飛ぶことはしていない。

納得の逝く人生

ユーゴスラヴィアの海外学術調査隊員として出発したのは、大学院修士課程三年の秋であるが、帰国したのは年が明けてからだった。修士論文の提出期限は年明けの一月末である。それまで、修士論文は半分ほどしか書けてはいなかった。

レバノンで収監されていたら修士論文は出せなかっただろう。あの時は名前も聞いていなかったが、航空会社の職員には感謝しきれないほどの援助を得た。本当にありがたかった。

このような状況で修士課程は出たものの、博士課程の受験勉強をする時間もなく、試験では恩師に多大な迷惑をかけることに相成った。出来の悪い指導生として恥をかかせてしまったのである。それにもかかわらず、博士課程途中で国立大学に就職させてくれたのだ。

大学を退職した頃、地元の名門工業大学の副学長からの依頼で関係者だけの講演会に招かれた。副学長（現在は私大の学長）は、以前からの研究仲間ではあるが、現在では生気象学の第一人者だ。かつて新幹線の空調も手掛けていたことがあるようだ。

講演会の主なテーマは「風の道」であるが、グローバルスケール（大気候）は恩師、メソスケール（中気候）は自分が担当した。副学長はミクロスケール（小気候）からの視点での講演内容である。

これまで、恩師の学会基調講演は拝聴したことはあるが、恩師と同じ場所での講演は始めてである。恩師は以前、自分が教授になれたことを報告に行った時、近くの寿司屋のカウンターで、

「自分も国立大学の教授、君も同じ国立大学の教授だ」

そう言って自分のことのように喜んでくれた。同じ教授であることなど信じられなかった。

いつも恩師の指導生との感覚しかなかったからだ。

講演会当日は自分にとって記念すべき日であった。副学長は自分が不治の病に苛まれていることは知らないはずである。何故このような企画をしてくれたのか、その理由は分からない。

しかし、恩師と同じ場に立てたのはこれが最初で最後である。これは、残り少ない自分の人生への最大の贈り物であった。想い起こせば、恩師なくして自分には身に余る人生を歩むことはできなかった。

余命を告げられた日、悔いのない人生を送ることができたと思えたのは恩師のおかげである。しかし、余命二カ月を宣告されてから今日までに、同時期に入院した患者のほとんどがこの世にはいない。自分だけは奇跡的に生きている。

過去を振り返り、満足する人生であったからこそ「死」の宣告を素直に受け入れることができたのだ。その心のゆとりがこれまで生

名古屋工業大学のサテライト講義室で恩師と共に。恩師は腰を悪くしてから背が低くなったようであるが、学生時代は自分よりはるかに背が高く、体格も外国人のようだった。この講演を企画してくれた名古屋工業大学の堀越哲美教授（現在愛知産業大学学長）に心から感謝である。

き延びることができた秘訣かも知れない。これからは、そんな追憶の風に吹かれて旅立ちたいものである。

最後に

この本は、思いもかけぬ余命を宣告され、駄馬と呼ばれた愚かな自分が納得できる人生だったと思えたのは、学生時代に奇跡的に出会った恩師のおかげである。その余りある恩に対してのお礼の言葉は思いつかないのだが、その感謝の気持ちを込めた追想録である。したがって、アドリア海紀行ではない。ただ、恩師に感謝の意が伝わることを願うのみである。

[著者略歴]
大和田 道雄（おおわだ　みちお）
1944年生まれ。北海道出身。愛知教育大学名誉教授。
理学博士（筑波大学）、専門は環境気候・気象学。
大学院在学中に吉野正敏（現在筑波大学名誉教授）を隊長とする文部省（当時）海外学術調査、ユーゴスラヴィアの局地風「ボラ」の調査隊員として参加した。在職中は文部科学省のフィンランド在外研究員、大学入試センター客員教授、中部国際空港専門委員会等の各種委員会委員。また、「お天気博士」としてテレビ、ラジオ、新聞で気象情報を提供してきた。
主な著書は、『伊勢湾岸の大気環境』（名古屋大学出版会）、『都市の風水土』（朝倉書店・共著）、『NHK暮らしの気候学』（日本放送出版協会）、およびノンフィクション『白夜 余命二カ月・間質性肺炎との共生』（風媒社）等がある。

アドリア海の風を追って　余命二カ月の追想録

2016年12月20日　第1刷発行　（定価はカバーに表示してあります）

著　者　大和田 道雄
発行者　山口　章

発行所　名古屋市中区上前津 2-9-14　久野ビル
振替 00880-5-5616 電話 052-331-0008
http://www.fubaisha.com/
風媒社

＊印刷・製本／モリモト印刷
乱丁本・落丁本はお取り替えいたします。
ISBN978-4-8331-5316-4